講談社文庫

新装版

星に願いを

林 真理子

講談社

星に願いを＊目次

星に願いを

第一章　キリコ、記者会見をする

　テレビ局の廊下というのは、どうしてこうも長く、曲がりくねっているのだろうか。

　将来、革命が起こった時に、暴漢たちにたやすく占拠されないためだということを、以前キリコは友人から聞いたことがある。

　それほどテレビ局というものは権力の象徴なのだろうか。それならば、そのテレビ局のキャンペーン・ガールに選ばれた自分は、やはり権力のまっただ中にいるということなのだろうか。

　革命とか権力という言葉は、キリコにとって遠い不可解なところにある。しかし、こうして豪華なドレスをまとい、専属の化粧師やスタイリスト、広報関係の男たち数人を従えて歩く自分が、傍目《はため》にもどれほど華やかで恵まれた存在なのかはよくわかる。

こんな場面を、遠い昔に見たことがあると、キリコは思った。確か「シンデレラ」の絵本の一ページだっけ。さんざん皆からいじめられ、みじめな日々をおくった娘が、ある日突然きらびやかな王冠をさずけられ、城へ迎えられるのだ。

そういえば、昨日のスポーツ新聞にも書いてあった。

「まさに現代のシンデレラ。ついにCMモデルにも」

本当にそうなのだろうか。

けれども今のこの場面は、幼女の頃ぼんやりと眺《なが》めた絵本の一ページにしては、あまりにもくっきりとキリコの中にある。それに「シンデレラ」という比喩《ひゆ》は、あまりにも陳腐《ちんぷ》で平凡で、キリコは好きになれなかった。

先頭の男が、つきあたりのドアを開けた。

ズラッと並んだ記者がいる。カメラのフラッシュがたかれる。そしてそれに全く臆《おく》することなく、ニッコリと微笑《ほほえ》みかけた自分にキリコは驚いていた。

「だって、いつも復習していたんだもん」

そうなのだ。キリコはやっと気づいた。この光景は、彼女がずっと長いこと夢み、想像し、反芻《はんすう》していたものとそっくり同じだったのだ。

「じゃ、こういうことを夢がかなったたって言うんだわ」

それにしては、どうしてこう冷静でいられるのだろうか。キリコが考えていたサクセス・ストーリーのクライマックスはこうなのだ。昔の苦労や努力を思い、主人公は一筋の涙を流すことになっている。ハンカチをギュッと握りしめ、しばらく無言で勝利の喜びに酔うことになっている。

ところが今のキリコときたら、好奇心をまる出しにして前に並ぶ男たちを眺めているのだ。それは彼女が初めて目にする、多量の芸能記者たちであった。それまでにキリコは実に多くのインタビューを受けていたのであるが、そういう女性誌や総合誌の編集者たちとこの男たちとはあきらかに違っているようにキリコには思える。

「こういう人たちが芸能人を追っかけて、いろんなスキャンダルを書いたりするんだわ」

しかし、自分もその矢面《やおもて》に立たされ、彼らから何かされるのではないかという予感は、なんともいえないスリルを彼女にもたらしたのだ。

キリコは再び、彼らに向かって微笑んだ。

テレビ局の広報部長の挨拶《あいさつ》が続いている。

「と、そんなわけで、私どもの秋のキャンペーンでございますが、今回は初めて芸能人以外の方を選ばせていただきました。コピーライター、エッセイストとして大活躍なさっている森山キリコさんです」

記者たちは、いっせいにペンをもってメモをとりはじめた。その姿も、たまらなくキリコには滑稽《こっけい》であった。

「どうして」

キリコは彼らを見わたしながらつぶやいていた。

「どうして、私のことなんか記事にするの。私のことが本当におもしろいの」

キリコは突然笑い出したくなった。自分がまるでアイドル・タレントのようにこの席に座り、記者たちがそれを不思議とも感じず、自分を見つめていることのおかしさのためであった。

キリコは、すんでのところでしのび笑いをするところだった。しかし、すぐにこの事実をもっと厳粛《げんしゅく》に、謙虚にうけとらなければいけないと、彼女は秘かに反省して身をただした。

「本当に頑張ったと思うわ、私。三年前、ううん、半年前だって、こんなふうになろうとは誰も思っていなかったもんね。うん、私っていろいろと苦労したもの」

しかし、その時ほど〝苦労〟という言葉がそらぞらしく聞こえたことはなかった。

「苦労って、じゃ私はどんなことをしたんだっけ」

キリコは自分の過去に思いをめぐらした。就職できなかったこと、貧乏だったこと、人々の輪の中にうけ入れてもらえなかったこと……。

それは苦労とよぶには、あまりにもささやかな体験だった。昭和四〇年代に学校を卒業し、青春時代をすごした人間なら、誰でもこんな出来ごとをひとつやふたつ体験している。それに、苦労などという重々しい単語を使うには、キリコはまだ二十九年間しか生きていないのだ。

「森山さんに質問したいんですけどねえ」

前の席に座っていた若い男が、突然キリコに声をかけた。痩《や》せぎすの顔には、いかにも皮肉っぽい表情がうかんでいる。

「このキャンペーンの話があった時、さぞびっくりしたでしょう」

「いいえ」

その男が、というより、その場に居合わせた人々が、どんな答えを期待していたかキリコには十分わかっていた。それなのにキリコの声は、キリコを裏切ってきっぱりと言いはなっていた。

「私、ぜんぜん驚きませんでした」

「ほうー」という声があちこちでもれた。それはあきらかに、その答えをキリコの傲《ごう》慢《まん》さととり、かすかな非難を込めたため息であった。

「この二、三ヵ月の自分の変化を思うと、今の私って、どんなことがあっても驚かないようになってしまったんです」

男たちは再びペンを走らせはじめた。

彼らにどうやったら今の気持ちを説明できるのだろうか。いろいろなことが、すべていっぺんに起こったのだ。このあいだまで、ごく平凡に生きてきた若い女が、ある偶然から一冊の本を出した。その本がベストセラーになり、彼女が「マスコミの寵《ちょう》児《じ》」といわれるようになるまでのあまりの早さ。そのとまどい、それをどうやって彼らに話したらいいのだろうか。

いや、それがわからない彼らではない。ひとりの無名の人間が突然脚光を浴び、雪ダルマ式にメディアの中でふくらんでいく図式など、この男たちはさんざん見聞きしているはずだ。キリコのこの二ヵ月の体験も、彼らにしてみればごくありふれた話のひとつに違いない。

しかし、彼らをとまどわせているものがいくつかあった。

キリコは「世に出てくる女」の条件を、ほとんど備えていないのである。

小太りのからだに、大きすぎる目鼻立ちは、あきらかに美《び》貌《ぼう》というにはほど遠いものだ。物を書く人間としての才智にあふれているかと思えばそうでもない。好奇心をまる出しにした表情はあまりにも素朴すぎる。

「本当にふつうの女じゃないか」

キリコは最初に質問した男がつぶやくのを聞いたような気がする。

第二章　キリコ、マスコミを望む

自分がそういう女でないことに気づいたのは、いったいいつ頃からだろうかと、キリコは考える。

そんなに深く思い出さずともわかっている。大学を卒業した二十二歳の春に、彼女は自分が女としてどのへんのランクにいるかを、はっきり通告されたのだ。

もちろん、その年齢になるまでなにもわからなかったわけではない。しかし、学生という枠《わく》の中で、見なかったら見ずにすむものはいくらでもある。そしてキリコは、持ち前の動物的勘《かん》で、今思えば実に多くのものを避けて暮らしてきたような気がする。

ディスコにも、ダンス・パーティーにも一度も行ったことがなかった。

特にどこかの大学が主催する〝ダン・パ〟は、キリコにとって恐怖さえ感じさせるものだった。男が女を選ぶという事実。そして誰からも声をかけてもらえず席に居残る女がいるという事実。人はどうしてそんな場に居合わすことができるのだろうかと、キリコは不思議でたまらない。それよりも、ひとり下宿で本を読んでいた方がいいと心から思うのだ。

本といっても、たいしたものを読んでいるわけではない。アパートから歩いて五分ほどのところに、老婆が一人でやっている貸本屋があった。一回五十円を出すと、新刊の単行本でもマンガでもなんでも貸してくれる。畳の上にねそべりながら、それを読みあさっていると、それでキリコの一日はあっけなく暮れるのだ。

本にはいつもたくさんのことが書いてある。男と女は、出会えばたいてい恋をしたし、恋をすればすぐ寝ることになっている。キリコはかなりきわどい本も借りていたので、「寝る」シーンはうんざりするぐらい目に入ったものだ。

時々はキリコと同じように男を知らない女がヒロインになる時がある。そしてその女たちは、納得ずくだったり、犯されたりしてそれを知っていくのであるが、その後の彼女たちの変化は、キリコにはかなり興味深いものであった。

「なにか人生がひっくりかえるようなスゴイことが起こるらしい」

キリコは二つ折りにした座ぶとんから頭を起こした。その座ぶとんは夜も枕がわりに使っているので、ちょうど頭のかたちに薄い汚れがついている。ほんのわずかの時間ではあるが、キリコは自分のだらしなさを恥じた。

「こんな女にも、本当にそんなことが起こるのかしら」

どうしても信じられない。

とにかくキリコのそれまでの人生に、〝男性〟が登場したことなど一度もないのだから。

地方の女子高校から、東京の二流の女子大にキリコは進んだ。文字どおり、女の中だけの青春である。高校に進学する時も、もう少し頑張れば共学の受験校に行けるのにと、よく教師から言われたものであるが、それよりも安逸《あんいつ》の方をキリコは選んだ。

それは彼女の小さなあきらめだった。

たとえ、男の子たちと一緒に三年間をすごしたとしても、それでいったいどんなことが起こるというのだ。他の女の子たちのように、手紙をもらったり、幼ない愛をささやかれたりすることはまずないことを、キリコはたやすく想像できた。そのために悲しんだり、嫉妬《しっと》する自分も彼女には見える。

その頃のキリコが最も忌《い》み嫌ったのは、自分の感情が他の人々によって、支配されたり、傷つけられたりするのではないかという不安をもつことだったのだ。

行動を起こさなければ、なにごとも起きないのだ。人にいたぶられることもないし、泣くこともないのだ――。

もちろん、こんな考えを、十五歳やそこらの女の子がはっきりもっていたとは思えない。これは後に大人になったキリコが、少女時代の自分をふりかえってつくった、多分にこじつけがましい結論であろう。なぜなら、どんなにささやかでも、自分の生き方に対して指針めいたものをもっている人間は、思慮深く、そしてたいがい寡黙《かもく》である。ところが、キリコときたら、その頃からむやみにほがらかでよく笑う少女だったのだ。というよりも、その明るさは愚鈍に近いものだと人々に思われていたのである。

キリコは、中学校を卒業する間際まで、冷蔵庫の中はいつも明るいものだと信じ込んでいた。そんな少女だったのである。

列車に一人で乗れるようになったのは、高校二年生の時である。

夏休みに、近くの予備校に行くために、キリコは初めて列車通学をした。その第一日目、キリコは駅で途方にくれてしまったのである。それまで列車に乗るというのは、月に一回あるか、ないか、映画を見に行く時ぐらいである。その時はいつも友だちが一緒だった。そのうちの一人が、なにやら駅の柱に貼《は》りつけてあるものを見上げ、そしてうなずき、ホームに出るのをうながす。キリコはその子についていけばよかったのだ。

ところが今、知らない人ばかりの駅で、たったひとりで、どうやって三つ先の街まで行けばいいのだろうか。

あたりを見回すと、人々は自然の流れの中で、誰ひとり迷うことなく、切符を買ったり、改札口へ歩いたりしている。キリコは困惑のあまり、恐怖さえ感じた。

とりあえず、他の人がやるように切符売場の表を眺めた。これが列車が出発する時間を示していることぐらいはキリコにもわかる。

しかし、どうしてもわからないのが、「上り」「下り」という言葉なのだ。

「これはどういうことなのだろうか。『上り』というのは、どこか坂の上に行くことなのだろうか」

キリコは、ホームに立って線路をじっと眺めた。かすかだが傾斜があるような気がする。向かって右、桃畑が一面に続く方向に、それはやや上向きに流れているようだ。しばらく考えた末、キリコはそれが「上り」ではないかと判断した。そしてちょうどやってきた列車に彼女は乗り込んだのだ。

しかし走り始めるやいなや、彼女はこの列車が、自分が行こうとする反対の方向に走っていることを悟った。田舎のことだから、一時間にせいぜい二本か三本しか列車は走らない。予備校は完全に遅刻である。

「どうして、いつもこんなことになってしまうんだろう」

列車の中でキリコは考えた。昼下がりの列車の中は、夏休みのせいか学生はキリコひとりしかいない。野良仕事の合間に温泉にでも出かけるらしい老人が二人、豆菓子をしゃぶっている。セーラー服を着たキリコは、次の駅で降りるためにドアのところに立っていた。遠ざかる景色は、まるで彼女を嘲笑《ちょうしょう》するかのように早い。その時、ぼんやりではあるが、キリコは自分が他人とどこか違ったところがあるのではないかと思い始めていた。

本当にいつもこうなのだ。ふつうの人が、ふつうにたやすく行うことを、どうしても彼女はできないのである。

もちろん、こんなことは簡単な話なのである。キリコはずっと以前に、列車の乗り方を知らなければいけなかったのだ。それは人に聞けばすぐすむことだった。それなのに、キリコは他人が一緒にいる間は、決してなにごとも憶《おぼ》えようとはしなかった。ただぼんやりと、人の後についていけば、ちゃんと時間どおりに列車に乗れたし家に着いたのだ。それ以上、何をすることがあったのだろうか。

とにかく、彼女はものを憶えたり、習ったりするのが、ひどくめんどうくさかったのである。知らないですむものは、それでよかった。誰かが促《うなが》してくれたり、せっついてくれたりするまでは、彼女はいつもぼんやりと立っていたような気がする。

少女の時から自分でも予感していたように、大人になってもキリコは美しい娘にはならなかった。ちょうど彼女の性格そのもののように、ぼってりと肉がついたからだは年頃になっても女らしい曲線が生まれなかった。目だけは綺麗《きれい》だと時々人に言われたが、大きすぎる鼻や口によってほとんど目立たなかったといっていい。それに彼女を魅力的な娘から遠ざけていたものは、なんといっても自分への関心の無さである。その顔は口紅ひとつ塗られたこともなかったし、洋服は流行からほど遠いものをなんの気配りもせずに野暮《やぼ》ったくまとっていた。

つまり彼女は、典型的な地方出身の女子学生だったのである。

こんな彼女に興味や好意をもつ男の子は、一人もあらわれなかった。男に誘《さそ》われなければ、当然キリコは恋ができないことになっている。それをことさら、悲しいとかみじめとか思わず、彼女は学生生活をいま終えようとしていた。

何度でもいうように、キリコは意欲的な娘ではなかった。就職に関してもそれほど高望みをしていなかったといってもいい。

「私はね、みんなみたいにマスコミだとか商社なんて大それたことは言わないわ。ただガラス張りのキラキラした、なるたけきれいなオフィスで、ハイヒールが似合うような所でいいの」

「そういうのが大それたことじゃなくて何なのよ」

クラスメイトの京子が、フンと鼻にしわを寄せながら笑った。学生食堂の二階である。キリコはいつもの百二十円のA定食であるが、自宅から通っている京子は、今日も母親がつくってくれた弁当をひろげている。チェックの布につつまれたそれは、エビの空揚げ、セロリの牛肉巻きとかなり豪華だ。痩《や》せて食が細い京子は、いつも弁当のおかずをキリコの貧しい皿の上に分けてくれる。口を開けば皮肉めいたことしか言わない友人ではあるが、こんなことが二人の仲が長く続いている理由のようにキリコには思える。

「うちんとこの就職状況なんて本当に厳しいんだから。あんた、学生課の掲示板見たことあるの」

「うん、ここんとこ毎日見てるよ。でもぜんぜんいい求人がないんだもん、もうちょっと待とうと思ってるんだ」

「あんたって、ノンキといおうか馬鹿といおうか……。いま何月だと思っているのよ。決まるコはどんどん決まってるのよ」

「だって解禁はずっと後じゃない」

「本当にバッカみたい。今年は事情が事情なのにさ」

日本中を大混乱に陥れた石油ショックは昨年発生していて、現に三ヵ月前まで食堂のテーブルの上にあった紙ナプキンはすっかりとり払われていた。照明も半分消されているから、かなり薄暗い。ちょうど昼どきで何百人の女子大生の姿が、かろうじて食堂を暗いドームのイメージから救っていた。

「あーら、元気ィ」

キリコと京子の前を、ひときわ華やかな色彩が通りすぎた。同じ国文科の学生である井川由美が友人二、三人と連れ立って歩きながら、ニコッと振り向いた。トレイの上には、サンドウィッチとミルクが乗っている。自分と違って、由美は絶対に定食なんか食べない。いつもハイカラなものを少しだけだとキリコは思った。それにしても、由美はどうしていつも愛らしいものばかり着ているのだろうか。流行のアイビールックを、自分流にちょっと着崩している。タータンチェックのスカートの上は、レースのブラウスで、黒いビロードのリボンを衿《えり》に結んでいる。

「『あーら』だってさ。どこをつつけば、あんなに甘ったるい声が出るのかしら」

由美の姿が見えなくなるやいなや、京子がさもいまいましそうに箸《はし》を振った。

「あのさ、あのコの京都弁、本当にイヤらしいと思わない？　完全に計算してるわよ」

「ホント、ホント。教授と話したりする時はナマリがすごく強くなるものね」

とキリコは言いながら、由美を目で追った。本当に嫌な女だが、それにしてもきれいな髪だ。後ろ姿のやわらかいカールが、歩くたびにゆらゆらと揺れている。

「知ってる？　あの人、もう就職がきまってるのよ」

京子が弁当包みの結び目をきっちり締めながらささやく。

「エッ、もう。ずいぶん早いな」

「それがね、驚くじゃない。――出版よ」

京子は大きな出版社の名を口にした。国文科の女子大生の例にもれず、キリコも京子もマスコミの世界に淡い憧《あこが》れを抱いていたのだ。

「でもよくうちの学校から入れたわね」

嫉《ねた》ましさよりも先に、キリコは感心してしまった。

「きまってるじゃない、コネよ、コネ。ほら、あの人って大学の二年の時に、雑誌のモデル募集ってのに受かったでしょ」

「知ってる、知ってる。あ、あれ、あそこの出版社だったっけ」

「そうなのよ。それであの人、いろいろエラい人と知り合ったらしいのよね。例の甘ったるい声でベタベタしたんじゃなぁい」

「まぁ、あの人頭はアホだけど、顔はモデルやってたぐらいだしね。ああいうのに、オジさん騙《だま》されるんじゃないの」

「それにさ、あの人、男にかけちゃ相当のもんだもん。目的のためなら平気で寝ちゃうんじゃない」

話がどんどんエスカレートしていくのが分かる。そう言っている自分たちがどんなに醜いかもはっきりと分かる。しかし、このくやしさを晴らすためなら、少々のことを言ってもいいのではないかとキリコは思う。

「知らないかなぁ、これ有名な話なんだけどさ、あの人、去年の今頃ワセダの男とつきあってたでしょ」

「そう、そう、何かっていうと見せびらかしてた。学校にもよく迎えに来させたもんね」

「もう同棲してたって、もっぱらの噂《うわさ》よ」

「ドウセイ！　うちの学校のコにしちゃ、すごく勇気あるじゃない」

「それだけじゃないわよ。バイト先のブティックの店長とも何かあったんじゃないかってみんな言ってるわよ。そうでなきゃクレージュのバッグを何個も持ってるはずないじゃん」

「そうだったのかぁ――。あの人、いつもいい格好してるもんね」

「私もね、最初うちが金持ちかなぁなんて思ってたりもしてたのね、だけどさ、早苗《さなえ》の話じゃ……あ、早苗知ってる？　崎山ゼミの」

「知ってる、知ってる」

「夏休みに、関西旅行を一緒にした時、大津のあのコんちへ一泊したんだって。そしたらどっちかって言うと中の下の農家なんだって。お父さんなんか、もろヒャクショーっていう感じだってびっくりしてたわよ」

「ふうーん、その割には結構センスいいじゃん」

「そうよォ、そういう出身のコほど、コンプレックス持ってて、ナニクソって感じになるんだもん」

「だから就職の時も私たちと意気込みが違うのね」

「オジさんたちと寝るぐらい何でもないはずよ。きっと」

いつのまにか、由美は人事のおエライさんに肉体を与えて就職をかち得たことになってしまった。多分この話は本人の口から聞いたということになって、京子からみんなに広まるだろう。多分三日もたつ頃には、噂はキャンパスを一周するはずだ。そしてクラスメイトたちはきっとささやく。

「やっぱり」

「要領のいい人にはかなわないわよ」

彼女たちは、決してこの話を信じているわけではない。ちょうどゲームのように、隣りに腰かけた友人に伝えていく。

なぜなら由美は明らかに「出し抜いた」のである。みんなが平等にうけなければならない「二流女子大の就職劣等生」の役を、由美だけがはねのけたのだ。だからそのぐらいの制裁を受けるのが当然だと彼女たちは考えてしまうのだ。

しかし、秋が深まるにつれて由美のような「裏切り者」はだんだん増えていった。

「ヤンなっちゃうわねぇ」

学校前のパーラーで、京子がため息をついた。

「うちの学校って、地方出身の落ちこぼれが多いと思ってたけど、結構お嬢さんが多いのねぇ」

東京育ちの彼女は、よく平気でこんなことを言うのだ。

「聞いたァ、松本祐子、あのチビよ。あんなコでも商社に決まったのよ。なんでもパパが三菱の子会社の重役かなんかなんだって。下品な顔しててそんなふうにも見えなかったけどね」

京子はさもいまいましそうに、セブンスターに火をつけた。最近煙草を吸う友人が増えたが、こんなふうに学校の近くで吸う女の子はさすがに少ない。キリコも時々京子からもらう時があるが、あまりおいしいとも思えない。それに彼女の吸い方はいかにもたどたどしくて、よく京子は「金魚が呼吸困難になったみたい」と笑うのだ。

コーヒーはとうに冷めて、夕暮れというには遅い時間だった。

今年の秋は、どうしてこう早く去ろうとしているのだろうかとキリコはぼんやりと考える。窓から見える街の風景は驚くほど暗い。電気を節約するために、大きな商店のほとんどが自主的にネオンを消しているのだ。ちょっと前なら、いつものこの席に座ると、ちょうど正面に大きな洋菓子屋のネオンサインが見えた。それはピンクと青の星が散らばり、英語で、「ケーキ・ピーターパン」と描かれていた。趣味が悪いといってもいいほど派手なその光を、この二、三ヵ月見ることはできない。

「あたし、どうなっちゃうのかなぁ……」

キリコはそうつぶやきながら、自分があのネオンサインを気に入っていたことに気づいていた。

本当にほんの少し前だったのだ。この窓ぎわのテーブルにはクラスメイトたちがたむろし、「ピーターパン」の文字はいつも輝いていた。横には由美が座っていたことさえある。その時はまだ、彼女に対してこんなふうな嫉妬や憎しみは感じていなかったはずだ。

「就職？　どうにかなるわよ」

由美も他の女の子たちのようにあっさりそう言って、ストローでちゅっとジュースを吸っていたものだ。

「この頃、みんなあんまり学校に来ないのね」

「そうよ、就職活動で忙しいんだもん」

京子はあっさりそう言って、煙草を吸い続けている。そんなふてぶてしさが、今のキリコにはとても好ましい。

「ねぇー、京子、ずっと仲よくしようね」

「なに言ってるのよ。今さら気持ち悪い」

「それで、それで、いっしょに頑張って就職先を見つけようね」

「そうね、ま、やってみるわ」

京子のあまりにも淡白なようすに、キリコはふっと不安になった。

「なんか、あてあるの」

「ありゃしないわよ。コネも無けりゃ情報もなし。あんたと同じよ」

思えば京子とも長いつきあいだったとキリコは思う。その辛辣《しんらつ》な口調に何度か泣いたこともあったけれど、やはり大学四年間で親友とよべるのは彼女だけかもしれない。

「なんとかなるわよ。就職なんて」

京子はもう一度言った。

「いざとなればうちを手伝えばいいんだからさ」

キリコはコーヒー茶碗をガタッと置いた。すっかり忘れていたのだ。京子が浅草でもかなり大きいサンダル問屋の娘だったことを。京子はたぶん就職なんかしないだろう。実家で経理かなにかを手伝いながら、キリコの代わりに店の店員に、皮肉っぽい言葉を投げかけたりするようになるに違いない。

キリコはやっとわかったのだ。自分ひとりで戦いに出かけなければいけないということを。その時、彼女はやっとわかったのである。

二十二歳になるまで、キリコはいつも誰かに〝駅〟に連れていってもらっていた。池袋の四畳半の下宿で昼寝をしていたり、学校の中庭でぼんやり座っていると、たいていた友人の誰かが声をかけてくれた。

「映画を見に行こうか」

「渋谷に買い物に行かない」

そして闊達《かったつ》に歩く彼女たちの後を、いつもキリコはのろのろとついていったのだ。

「ペンギン歩き！　どうしてあんたって歩くのがいつもそんなにのろいの」

よく京子から叱《しか》りとばされたものであるが、仕方ないのだ。自分でどこへ行こうなどと、はっきり思ったことが一度もないのだから。誰かについていけば、結構おもしろい映画は見られたし、掘り出し物のカーディガンは買えた。それに満足している間に、キリコの四年間は過ぎていったのだ。

最後の最後に、こんなひとりぼっちの列車に乗る作業が待っていようとは思ってもいなかった。

しかし、どうしたらいいのだろう。キリコはまだ時刻表の見方も知らないのだ。「上り」「下り」という意味も把握《はあく》していないのだ。

まだ間に合うかもしれないとキリコが思ったのは、それから三日後だ。学生課の壁を見渡せば、何十という求人用紙は貼られていたし、新聞を広げれば毎日のように

「新卒募集」という文字はとびこんでくる。

　こうしているうちに、これは全く不思議なことなのであるが、いつしかキリコの中で、しめつけられるような孤独感は消えて、途方もない楽天性が芽ばえていったのだ。

「私ってもしかしたら、なんにでもなれるのかもしれない」

　あの京子だっていつか言っていたことがある。

「あんたって、もしかしたらスゴい大物になるんじゃないかと思うわ」

「どうして」

　キリコは驚いて尋ねた。本当のことを言うと、中学校時代と高校時代に、全く同じことを一回ずつ教師から言われたことがあるのだ。

「別にさ、どうしてって言われると困るんだけどさ。とにかくあんたっておもしろいんだもん」

「おもしろい？　私が？」

「ボーッとしているかと思えば、ものすごい悪口平気で言うしさ。それに自分では気づかないかもしれないけど、あんたがポロッていう言葉、相当のジョークになってんだよね」

もしかしたら、とキリコは思う。自分にはもしかしたら大変な才能があるのかもしれない。それがどんな才能だと問いつめられると困るのだが、才能というのはいつも漠然《ばくぜん》としたもののはずだ。そして所持している本人も気づかないのが特徴らしい。成績も中の下で、これと言って取り柄《え》のない自分ではあるが、なにかキラッと光るものがあるのではないだろうか。そしてそれを発見して育ててくれようとするのが、社会というところではないだろうかとキリコは信じるようになった。

それが証拠には、キリコは急に就職試験の面接というのをしたくなったのである。

部屋にキリコが入っていく。試験官たちと二言、三言話す。たちまち彼らは満足気にうなずき合うだろう。

「うん、素晴しい資質を持った女性だ」

と彼らは、キリコの用紙に合格の印を押すのだ。

その光景はうっとりするような力強さで、キリコの胸の中に湧《わ》き上がってきた。

「そうよ、私のよさってわかる人にはひと目でわかるに違いないわ」

キリコの目は輝き出した。壁の求人欄の向こう側から、その「わかる人々」がいっせいに手をさしのべているような気がする。

「だけど――」

キリコはちょっと顔を赤らめた。もう少し謙虚に、注意深くなった方がいいような気がしたからだ。

「ふつうのつまらない会社に、そうわかる人たちがいっぱいいるとは限らないわ。そういう人たちがいるのは、やっぱりマスコミの世界じゃないかしら」

キリコは幼ない時から空想癖が強い少女だった。年頃になってからは、時々意味もない自信が急に彼女を昂《たか》ぶらせ、さまざまな妄想《もうそう》をつくり出した。しかし、その時の彼女は自分のそんな習性を全く自覚していなかったのである。

「そうよ、私はやっぱりマスコミに進もう」

キリコは決心した。なぜならいろんな雑誌に書いてあるではないか。マスコミが望むのは、個性豊かな人間だということを、キリコはたくさんの就職特集のページで見たことがある。

そして、彼女はひとつの結論をくだしたのである。

「わかったわ。私の才能っていうのは、イコール個性っていうことなのよ」

その時のキリコは、個性という言葉がどういう意味を持ち、どういう人々を指すのかほとんど理解していなかった。しかし、この得体の知れない、口あたりのいい言葉を彼女はすっかり気に入ってしまったのだ。

キリコはさっそくその晩、一通の履歴書を書き上げた。女子大生を公募している、数少ない大手出版社に送るためである。「自身の特徴」という欄に、キリコは太い万年筆でこう書いた。

「とにかく個性豊かな人間だとみんなから言われます」

そして一ヵ月後、個性豊かなキリコは、その出版社の応接室にいた。

自分でも驚くほど、ものごとがうまくはこんだのだ。一次試験の履歴書と作文、二次試験の筆記とキリコはパスして、今日は面接試験なのである。

十数人の女子大生と一緒に、キリコはソファに座っていた。部屋の壁には、そこの出版社から出されている、さまざまな雑誌のポスターが貼られている。その中には、キリコもよく読んでいる若い女性向けの本の広告もあった。

「この秋、ファッションはメルヘンチック」

「あなたは西城秀樹派？　それとも郷ひろみ派？」

「南沙織のおしゃれ拝見」

色とりどりの文字と写真で飾られたそのポスターを眺めながら、キリコは重苦しいほどの期待感に苦しめられていた。

「もしかしたら私、この本の編集者になるのかもしれないんだわ」

さまざまなキリコが、頭の中をとびかう。タイトスカートに身をつつみ、撮影現場に立ち会うキリコ、マイクを片手に有名人にインタビューするキリコ、仕事を終えて編集者仲間と新宿二丁目のバーで飲むキリコ。

それはキリコに訪れた空想の中でも、かつてないほど華やかで、しかも現実感があるものだった。

キリコはそっと髪に手をやった。今日早起きして美容院に行ってきたのだった。店でシャンプーしてブローしてもらうなどというのは、彼女にとって初めての経験だ。一張羅《いっちょうら》のスーツも着ている。何日も前から、どうしたら編集者にふさわしい、おしゃれであかぬけた女子大生に見えるかと、キリコは随分苦心していたのである。

しかし、それは必ずしも成功していたとはいえなかった。いかにも美容院帰りといったような彼女の髪は、後ろを大きくふくらましてあり、おまけにスプレーがたっぷりかかっていた。その頃キリコのたった一枚のよそゆきだった茶色のスーツは、三ツ揃《ぞろ》いのタイトスカートで後ろに大きくスリットが入っている。ブレザーやプリーツスカートで、清楚《せいそ》にまとめている女子大生の中でそれは異様だったかもしれない。

さらに非常に困ったことに、キリコはそうしたことが、都会的で個性的な装いだと信じていたのである。

つまりこれが、田舎出の少女が必死で考えた、付け焼き刃のおしゃれだったのだ。

やがて名をよばれ、キリコは立ち上がった。制服を着た女が、廊下のつきあたりにある小部屋へと導いてくれた。

中には五人の男が座っている。それはキリコが想像していた「マスコミの男」とは、かなりかけ離れた男たちだった。年とっており、ひどく野暮ったい。地味なスポーツシャツがまずキリコの目に入ってきた。

「お座りなさい」

男の一人が言った。椅子に座ると、キリコの足は恥ずかしいほどあらわに、男たちの目にさらされた。こげ茶色のかなりくたびれた靴だ。髪をセットしたら、足元にまわす余裕がなくなったのである。

「森山キリコさんですね」

右端の男は書類を手にしていた。その中には見おぼえのある原稿用紙も見える。

「あなたの作文、おもしろいねぇ」

男は歯をニッと出して笑った。それは好意なのか揶揄《やゆ》なのか、とっさには判断がつきかねるような笑いだった。

「いやー、実際のところ、筆記は作文のおかげで受かったようなもんだよ。ところで、この絵はあなたが描いたの」

「はい、そうです」

「少女マンガについて」というのが、作文の課題だった。キリコは原稿用紙の最後に、いま世間をにぎわせている「ベルサイユのばら」のオスカルの似顔絵を描いたのだ。

「作文もいいけど、絵もなかなかだねぇ」

メガネをかけた別の男も、言葉をはさんだ。

「そうですかぁ。じゃあよろしくお願いします」

キリコが言ったとたん、どっと笑いが起こった。しかし彼女は、なぜ笑われたのか全くわからない。途方にくれた時によくうかべる、あいまいな微笑は、キリコをいかにも愚鈍そうに見せた。

「ま、こんなふうに作文とマンガが描ければ、そっちの方にいってもいいんじゃない」

これがある種のからかいだというのは、さすがのキリコにもわかる。

「でも私、編集の仕事をするというのが、子どもの時からの夢だったんです」

とキリコは言った。この言葉は、ある雑誌の「このひと言が試験官を泣かせる」というタイトルのページから応用したものだが、口に出すと、涙ぐみたいほどの真実のように思われてきた。

「作文とマンガは、編集の仕事をした時に十分活用できます」

男たちがまた笑った。キリコはその笑い声の中に、一筋の希望を見出そうとした。

「マスコミの人たちって、個性豊かな人間に反応する時こんなふうなのかもしれないわ」

しかし、さまざまな不安は残る。

「じゃあ、追って連絡がいきますからね」

と話をひきとった例の右端の男。その声はあきらかにキリコに対して、興味の希薄さを示していた。

「でもマスコミの人たちって、いつもああいうふうにクールなのかもしれないわ」

ドアを閉めながらキリコは思った。

面接試験から二、三日、思いめぐらすことが多くなっていた。その時もキリコは銭湯で服を脱ぎながら、あの日の男たちの表情を思いうかべていたのだ。

彼らの目に、自分はどう映ったのだろうか。

キリコは無性に知りたくなった。

あたりを見回す。幸いなことに時間が早く人影はまばらだ。大きな鏡の前にすすんだ。
二、三歩歩く。礼をする。小首をかしげる。声に出して「ハイ」と言ってみた。ブラジャーとパンティだけのキリコの姿は滑稽《こっけい》で、とても「女性編集者志望」とは思えない。若いくせに肉がつきすぎているとよく友人から指摘されるとおり、自分でもかなりお腹が出ていると思う。顔も丸すぎる。笑った顔もあまり可愛いとも思えない。
冷静に考えてみればみるほど、自分が男たちから喜ばれる女だとは思えないのだ。やはり男たちが一緒に働きたいと思うのは、由美のように八重歯があったり、髪が美しい女なのではないだろうか。

「でも、でも、顔で就職するわけじゃないんだもん。能力で人は採用されるんだもん」

下着を脱ぎながら、キリコはいつのまにかつぶやいていた。つぶやきながら、そんなことは嘘っぱちだということをとうに自分は知っていると思う。

唯一の救いは、少なくともあの時、キリコはヌードではなかった。精いっぱいおしゃれをして、個性的なスーツを着ていた。そう思うと、かすかな安堵が胸を過《よ》ぎる。

「マスコミの人から見れば、私ってかわいかったかもしれないもん」

キリコはザザーッと上がり湯をかけた。

キリコが自分自身にさまざまな疑問符を投げかけている間に、出版社の方からはそうそうに結論がとどけられた。

「遺憾《いかん》ながら貴意にそえず――」

という手紙を読んだ時、キリコはほんの少し泣いた。思えば、今までの自分の人生の中で、これほど強い願望を持ったことはないような気がする。神田にある、あの出版社の玄関、石づくりの外壁、大理石の床。そこを毎日通る自分の姿を想像して、キリコはどれほど胸を躍《おど》らせたものだろうか。

タイトスカート、ハイヒール、二丁目のバーはどうしたらいいのだろうか。夢みて思いうかべたものは、とっさには捨てられないのだ。

キリコは、どうしても女性編集者になりたくなった。

マスコミという世界に入りたくなった。

もちろんこう思う女子大生が自分ひとりだけでなく、その年の卒業生だけでも何万人もいることをキリコはよく知っている。しかし、少なくとも自分だけはそう決意する権利があるようにキリコには思えてきた。非常に困ったことなのであるが、有名出版社の面接までこぎつけたという現実は、キリコに奇妙な特権意識を芽ばえさせたのである。

「ふん、私はそこらへんにウヨウヨしているマスコミ志望者たちとは違うわよ。試験官に作文とマンガだってほめられたんだから」

不安と自信が複雑に入り組んで、瞬間、瞬間にその場を支配し、飛躍させるというのは、キリコの性格の一大特徴なのである。

編集者になるときめてから、キリコは非常に忙しくなった。さまざまな出版社に、履歴書を書き始めたからである。大きなところもあったし、小さなところもあった。男性向きの雑誌をつくっているところもあったし、医学書を発刊しているところもあった。すべて同じなのは、すぐさまキリコの履歴書を送り返してくることであった。最初の就職試験で、面接試験まで行ったことがまるで奇跡だったかのように、それらはすばやく、そっけなくおこなわれた。半月もたたないうちに、何通もたまった不採用通知を前に、キリコはがっくりと肩を落としていた。

「どうしちゃったのかなぁ。やっぱりうちの学校じゃ、履歴書ではねられるのかなぁ……」

しかし、マスコミをあきらめることはできない。キリコは、すこうし希望を下げることにした。次は編集プロダクションや、ＰＲ誌の会社に手紙を出し始めたのである。

「そうよ。創造的な仕事に、大きいも小さいも関係ないわよ。私は原稿用紙にむかえる仕事ができればいいんだもん」

キリコはかなり精力的に会社をまわった。それらはたいていお茶の水や新宿の路地裏にあって、エレベーターもないようなビルの中がほとんどだ。最初に見た、あの大手出版社の堂々たる建物とはえらい違いである。

「私って、だんだん落ちぶれていくみたい」

キリコは面接のために訪れたビルの前で、小さなため息をひとつついた。

今日来たところは、米屋向けの小冊子をつくっているプロダクションである。新聞には、「あなたも『おいしく食べよう』の編集者に。大卒女子募集」と書かれてあった。

人が一人やっと歩けるような狭さの階段を上がっていくと、灰色のドアがあった。真昼だというのに建物全体が薄暗い。その中で一枚の貼り紙だけが、いやに鮮《あざ》やかなのである。

「『おいしく食べよう』社　面接会場」

その文字は意外にも非常な達筆で、墨汁《ぼくじゅう》を使ってあるところといい、昔風のくずし方といい、冷たさを感じさせるほどであった。

「ふん、こういうところほど、こういうものに凝《こ》るのね。気取ってるわ」

ドアを開けた。すでに五人ほどの女性が待っている。テーラードスーツに、白いブラウス。ここしばらくの経験によってつちかわれた勘で、彼女たちが新卒だということはすぐにわかる。キリコはそういうことを見ぬく自分に、軽い優越感をおぼえながら静かにソファに腰をおろした。

とっさに隣りに座っていた女が、軽く会釈をよこした。化粧っ気のない顔と素直な髪が、まるで十代の少女のようである。

「感じのいい女だ」

キリコは思った。

「きっと私のように二流の大学で、いろいろと苦労しているんだろうな」

その女は人なつこい性格らしく、さらに小声で話しかけてくる。

「あのね、ちょっと時間が遅れているみたい。私も二時っていう約束なのに、三十分以上も待たされているのよ」

「あ、そりゃどうも、どうも」

キリコはおかしな返事をしながら、女の膝の上の文庫本に目をとめた。カバーがかかっているので、何を読んでいるかわからないが、こんなところに来てまで文庫本を離さないというのが、いかにもマスコミ志望の女子大生らしい。

「あの……、あなたもやっぱり編集志望なのね」

キリコは小声で彼女に話しかけた。

「そうなのよぉ。だけど今年は大変。どこへ行っても四年制の女子は嫌われるのよねえ」

「そう、そう。もう涙、涙よ」

キリコと女は、顔を見合わせてクックックッと笑い合った。

「すごく気が合いそうだ。後でお茶でも飲もうかな」

とキリコは思った。ここしばらく学校に行っていないので、同じ年頃の女性が妙に懐かしい。相手もそうなのだろうか、身をのり出してさらに話し続ける。

「編集っていう名を聞いただけで、みんなドーッとおしかけてくるのよね。私、試験に行くたびに、私と同じようなミーハーの女子大生が多いなって、つくづく感心しちゃうわ」

「うふふ、ホントね」

「特に私なんか、急に思いたったから不利なのよ。その点、国文科の人なんかいいと思うわ」

「あら、私は国文科だけど、そんなことぜんぜん関係ないわ」

「そうお。私なんかいつも言われちゃうわ。『法律を勉強してた人が、どうして編集をやりたいんですか』って。なにしろ畑違いらしいのよ。セイケイ学部なんて」

「あの、セイケイ学部って、政経学部？」

「そう、早稲田の政経」

キリコは驚いて女の顔をまじまじと見つめた。キリコがいた田舎の女子高校では、早稲田に合格する学生などは、一年に一人いるかいないかなのである。ましてや政経学部の学生など、キリコには想像もつかない人種である。

「あら、あなた早稲田なの」

不意に声があがった。二人の真向かいに座っていた黒いブレザーの女が、今まで話を聞いていたらしい。

「あたしもそう。英文科。どっかで会ったことなかったかなぁ」

「そう言えばあるような気もするけど……。クラブどこ？」

「今はやめちゃったけど、前はＥＳＳ。あなたは？」

「うふ、なんと演劇研究会に入っておったんじゃよ」

「本当ォ。じゃあ高橋クン知ってるうー。やっぱり私と同じ英文科なんだけど」

「高橋クンって、どっちの高橋クンだろ。二人いるんだけどなぁ」

政経学部の女はキリコと話していた時より、あきらかにイキイキしてきた。キリコはいつのまにか話の輪からはじきとばされた格好になり、おし黙る結果になった。そうでなくても、今の彼女は、一言も口をききたくないような心境なのである。自分の傲慢さを、いきなり見せつけられたのだ。「石油ショックによる異常なまでの就職難」という事実は、自分ではよくわかっているつもりだった。しかし、それがどういうことか全く理解していなかったのである。

驚きと恥ずかしさで、鼻の奥がツゥーンとなってきた。

「こんなチンケな会社。私も落ちぶれたもんね」

などとよく言えたものである。雲の上の人のように思っていたワセダの女子学生たちも、職を求めてさまよっているご時勢なのだ。しかも、裏通りの小さなPR会社といえども、れっきとしたマスコミなのである。そこへ「試験を受けにきてやったわよ」という意識でのりこんできた自分の、なんという思いあがり。

いろいろな謎がとけてきたような気がする。送り返されてきたたくさんの履歴書と、同じ数だけの不採用通知。

森山キリコ――お前にはいったいなにができるというのか。無名の大学ということだけならまだしも、「特技・資格」の欄に書くべきものが、なにひとつない女ではないか。

案の定、彼女はその日、「おいしく食べよう」社から、その場で履歴書をつき返されたのである。

夜、キリコは初めて、人が劣等感のために眠れないというのはどういうことか知った。胸の奥が本当にキリキリ痛むのである。寝返りをうつと、ますます目が覚めてくる。そしてたくさんの男たちのつぶやく声が聞こえてくるのだ。それはキリコが会ったたくさんの試験官たちの声である。

「チエッ、ブスい女だなぁ」

「いかにも気がきかない感じじゃないか」

「本当にこういうテアイばっかり多いから、時間のロスばっかり喰うぜ」

「森山さん、どうもご苦労さま。じゃ、結果はすぐに連絡しますからね」

と言ってキリコを帰した後で、あの男たちはこんな会話をかわしていたのではないだろうか。

キリコは、自分の頬が涙で濡れているのに驚いていた。思えばこんな涙を流したくないために頑張ってきたような気がする。

誘われても断わってきたたくさんのダンス・パーティー、男子学生との合同コンパ。いつもなにかを予想できたから、いつも、いつも自分は避けてきたのだった。けれども、もはやキリコはそこから逃れることができない自分を感じていた。そして同時に、自分が決して「歓迎される女」ではないこともはっきりと悟っていた。それは、彼女が社会から初めて受ける宣告だった。しかし、それを素手で受けとめるには、彼女はまだ何の準備もしていなかったのである。

彼女は自分を「世界一不幸な女」だと思い込もうとした。こうした大げさな表現を使うことによって、悲しみはほんの少しやわらぐような気がする。

「かわいそうな、かわいそうな、キリコちゃん」

自分でそう声に出してみた。そしていつかこの言葉を、男の声で聞いてみたいものだとキリコは不意に思ったのだ。

それにしても、「寝る」とはいったいどういうことなのであろうか。明日、久しぶりに貸本屋の老婆のところへ行き、官能小説でも読んでみようかとキリコは思案した。借りる時ちょっと恥ずかしいが、川上宗薫のものはやっぱりおもしろい。

将来、自分にもし「寝る男」が現れたならば、この悲しい夜のことをきっと話してやろうとキリコは思ったりもした。

第三章　キリコ、電話番をしながら男女のキビを知る

知らない間に春が来ていた。

アパートの窓を開けると、どこからかジンチョウゲの香りが、いやらしいほどべったりと顔にかかってくる。陽ざしは季節独特の鋭さで、キリコの四畳半の部屋に侵入しようと狙《ねら》っていた。

それでも窓を閉めておくと、隣りの塀にさえぎられて部屋は夕方のように薄暗くなる。そしてコタツにもぐり込むと、キリコの部屋はいつまでも冬で、キリコはいつまでも学生のままでいられたのだ。

もう三月もすぎようとしていたのに、キリコは職を見つけることができない。もはや彼女は「女性編集者」とか、「マスコミ」などという言葉を口にしないようになっている。そんなことを言っていたのは、随分遠い日のような気さえするのだ。

このごろキリコは、深く深く眠る。何もすることがないのだから、夜も早く床につ

くのに、それでもお昼近くになるまで目が覚めたことがない。朝起きて、ドアの隙間《すきま》に新聞がはさまっていなかったら、自分は永遠に眠り続けるのではないかとキリコは思うことがある。それを読むことだけが、当面の彼女のただひとつの目的であり、希望であるというのは本当だ。

新聞をまずまっぷたつに割って、中ほどの求人欄から読む人間は悲しいとキリコは思う。自分にこの習慣がついたのは、いったいいつ頃からだっただろうか。不採用通知が、とにかく山のようにたまったのだ。「高卒事務員募集」という、今までは自分と無関係だと思っていた文字まで、キリコは必死で目で探すようになった。それでも不採用通知は返ってくる。

最初は驚いた。次は憤《おこ》った。悲しみや怒りなどという感情も、次から次へとキリコの中を通りすぎた。そして最後にやってきたのが静かなあきらめなのである。あきらめというのは、怠惰さといつも結びついている。キリコはもはや以前のように、ひたすら願ったり、焦《あせ》ったりはしなくなっていた。そのかわり、例の貸本屋へ毎日通うようになったのである。他にすることが何もないのだから、本でも読んでいなければ手持ちぶさたで仕方ない。今やキリコは、あの老婆に、

「あんたは本当に本をよく読むね」

と愛想を言われるほどの仲になったのである。

しかし、明日からはもうあの店に行けそうもない。金が底をついたのである。

学生の頃、キリコはわずかな額ではあったが、田舎の両親から毎月仕送りを受けていた。それがこの三月から無くなったのである。

「こっちで勤めたっていいじゃない」

母親は何度も電話で言った。国鉄に勤める父のつましい給料の中から、娘を東京の大学へ行かせ、やっと卒業だと思ったらいきなり「就職が無い」なのである。母の落胆ぶりもよくわかる。おまけにキリコには、今年大学に入る弟と、中学生の妹がいるのだ。

「お父さんが言うのよねぇ。うちに帰ってくればいいものを、勝手に東京にいるっていうのはわがままだって。そりゃー、こっちは東京ほどおもしろいことは何もないかもしれないけれど……」

「うん、うん」

キリコは何かを言うと涙がこぼれそうな気がして、黙って母の声を聞いていた。

田舎へ帰りたくないと思った。もう少しこの街にいたいと思った。それではそれほど東京が好きなのかと問われると困る。好きになるほど、キリコは東京を知らないのだ。青山とか六本木などというところに、それまでも数えるほどしか行ったことがない。

しかし、キリコはまだ結論を下したくなかったのである。企業という社会からは、確かにひとつの結論をもらったような気がするのは事実だ。けれどもそれは、田舎に帰るということと決定的に違う。

キリコにはたやすく想像ができるのだ。

父はきっと農協の安田さんか、銀行の武藤さんに言ってキリコの就職を探そうとするだろう。そして五月頃には、キリコは市内の小さな会社か商店の事務員になるのだ。母は多分うちから通えと言うはずだ。そして毎日弁当を作ってくれるに違いない。それを持ち、キリコはきっと自転車で会社へ行くことになるのだ。

桃畑とレンゲ畑がある。途中で野良着の老人に出会う。

「おはようございます」

キリコは挨拶《あいさつ》する。すると老人は目を細めてこうつぶやく。

「あんた、森山さんとこのキリコちゃんだろう。東京から帰ってきたのは知っていたけんど、いい娘さんになって……」

そして、三ヵ月めぐらいに、大きな農家の跡とり息子との縁談が来る。――

そんな光景をいくつとなくキリコは見てきた。短大に行った友人、従姉たち……。あらかじめわかっていることを、なぞるような生き方はしたくないとキリコは思った。だからはっきりと口に出して言ったのだ。

「私、もう少しこっちにいる。いいでしょう」

「そうはいってもねぇ、お父さんがねぇ……うちも大変なのよ。洋一がどうしても国立には入れそうもないし、私立っていうとあんたと同じくらいお金がかかるしねぇ……」

「私のことなら大丈夫」

キリコは言った。

「東京ならアルバイトはいっぱいあるし、それにもうじき就職先も見つかると思うわ」

これはキリコの、いまいちばん信じたい夢でもあった。そしてこれを持っているからこそ、キリコは田舎へ帰れないのである。

そして予想どおり、キリコの銀行口座には今月は一銭も振り込まれていなかった。

「こういうのを追いつめられたっていうのかしら」

とキリコ自身思うほど金が無いのだ。事実この何日間か、キリコは食パンしか食べていない。近くの菓子屋に、半斤入りのそれを毎朝買いに行くのが、最近の彼女の日課だ。朝は一枚だけ食べる。変化をつけるために、マーガリンを塗った上に砂糖をまぶしたり、またはマーガリンだけで食べる。昼間も一枚だけ食べる。朝が砂糖つきだったら、昼はつけないようにする。変化をつけるためだ。夜は残りの二枚を食べる。砂糖はつけたり、つけなかったり、その時の気分次第だ。ただ紅茶だけはつけるようにする。

この半斤のパンの値段と、貸本屋の料金がほぼ同じなのである。迷うまでもなく、キリコはパンの方を選んだ。そして今日が老婆のところへ行く最後の日と、彼女は決めていたのである。

返す本を手に持って、キリコはアパートの門を出た。夕方の空気は、なまめかしいほど暖かい。キリコは、この季節が昔から苦手だった。今年は大嫌いといってもよい。人に本能的なさまざまな予感をあたえるだけあたえて、後で肩すかしを食わせるような季節なのだ。

貸本屋に曲がる角の直前で、キリコは一枚の貼り紙を見つけた。

「求む！　電話番　日給三千二百円　週給も可　北村電機」

一軒のしもた屋風な事務所だった。どうやらここが北村電機らしい。キリコは背のびをしてガラス窓の中を覗《のぞ》いてみた。中はもう誰ひとりいない。コンクリートのたたきの上に、スチールの机が二つ置かれている。その上にほとんど何も置かれてないところや、建物の塗りたてのペンキのにおいからいって、どうやら新設の事務所らしい。

「きめたわ」

キリコはつぶやいた。日給三千二百円というのは確かに安いが、仕事はどうもラクそうである。なによりも「週給も可」という言葉が魅力的だった。とにかく、キリコが今持っているのは、三日分の半斤のパンを買うだけの小銭なのだから。

次の日、キリコは履歴書を持って事務所のドアをノックした。出てきたのは、意外にもエプロン姿の中年婦人である。目鼻立ちが驚くほど美しく品がある。もしかしたら暴力団関係の事務所ではないかとあやぶんでいたキリコは、ホッと胸をなでおろした。

「あのー、前の貼り紙を見た者なんですけれども、アルバイトを募集しているとか

……」

「まぁ、どうぞ、どうぞお入りになって」

中年の女はキリコに椅子をすすめてくれた。

「もうじき息子が帰ってきますから、ちょっとお待ちになってくださいね」

という物ごしも、おっとりして穏やかだ。

「息子がね、今度クーラー取り付け工事の会社をつくったんですよ。私が今まで電話番をしていたんですけど、家の用事があるでしょう。困って昨日貼り紙をしといたんですけど、よかったわ、早く見つかりそうで」

女はキリコに視線を走らせた。

「あなた、学生さんなの、高校生?」

アパートから三分の距離である。キリコは普段着どころかつっかけを履《は》いている。化粧をしていないと、いつも五歳ぐらい若く見られるのだ。

「いいえ、今年学校を卒業しました」

「そう、短大かどこか?」

女はなぜか履歴書の封筒は開けようとはせずに、キリコの素性を知ろうとしていた。

その時だ。ドアが勢いよく開いて一人の男が入ってきた。まだ若い男だ。天井にとどくほど背が高く、がっちりした体型は日本人離れしている。それに反するように顔は整っていて甘い。つまり、かなりいい男なのである。

キリコは母と名乗る中年女を見てから、その息子というのに内心かなり期待していたのであるが、予想以上であった。茶色の作業服を着ているのも、男らしい魅力を強調するために、わざと選んだかのようである。

「慎一、アルバイト希望の方がおみえになったよ」

「あ、そう」

男はキリコを全く見ないまま、大股で机に向かい、どかっと椅子に腰をおろした。まだ早春だというのに、男の額には汗の粒が光っている。

「お茶ちょうだい、お茶。あ、水がいいな、水」

母親があわてて差し出したコップを、男はひったくるように受けとった。男の掌は大きくて、握るとコップはほとんど見えなくなる。コップからほうりこむように、男は水を飲んだ。喉がぐびぐびと音をたてている。これほど気持ちよさそうに水を飲む人間に、キリコは初めて出会ったような気がした。

「どら、履歴書を拝見しますよ」

男はまたしてもキリコを見ないまま、封を開いた。

「わー、スゴイな。大学を出てる人じゃない！」

男の声があまりにも無邪気だったので、キリコは顔を赤らめた。自分のことがそんなふうに評価されたのは、この何ヵ月無かったことである。

「今年大学を出たっていうのに、どうして就職しないの」

「したかったんですけど、できなかったんです」

「そうか。じゃあここでバイトしながら見つけるつもりなんだね」

「まぁそうです」

「正直だね。でもあんまり休まないでね」

そう言って男はニヤッと笑った。その歯の白さは幼なささえ感じさせるほどで、キリコは男が照れ屋のために、自分を無視したことを理解したのだ。

あくる日からキリコはその事務所に通い出した。朝九時に着くと、窓を大きく開け、露地ボウキを使って軽く掃除をする。それをし終わると、他にほとんどすることはない。電話も最初の日は全くかかってこず、キリコを驚かせたものだ。

それでも一週間たつ頃には、北村電機にもぼつぼつと注文の電話がかかり始めた。男（名前はやはり北村慎一という）は、大手電器店のクーラー取り付け作業の下請けをしており、一台いくらという報酬を得ているのだ。

「はい、わかりました。四月二十四日、中野区和泉町の吉田様ですね。電話番号は

――」

などというやりとりは、いかにもOLめいていて、キリコには楽しかった。その電話を終えると、キリコはできるだけていねいに帳簿に書く。それを北村に差し出す時に、キリコはなんともいえない充実した気分を味わうのだ。

「よ、だんだん増えてきたね」

北村はあの白い歯を見せて笑う。

「もうちょっと暑くなったら、お得意さんももっと増えるんだ。だから忙しくなると思うけれど頑張ってね」

「はい」

キリコは目を伏せて答えながら、北村にお茶を差し出す。彼がぬるめの茶を好むのをキリコはまっ先におぼえた。それを飲み干すのを見るのも、彼女の楽しみのひとつになっていた。

「もしかしたら、こんな生き方はどうなのかしら」

キリコはぼんやりと思った。自分と北村が結婚したとする。キリコはこうして毎日事務所で働き、夜は彼のために食事をつくる。今まで気づかなかったが、電話をとったり、簡単な事務をするというのは、自分にとても向いているのだ。きっと二人は一生懸命働くだろう。そして北村電機をこんなちっぽけな事務所でなく、やがて大きなビルに建て替えるのである。

「ねぇ、どう思う。就職した先で男を見つけて、永久就職をしちゃうっていうの、カッコいいと思いませんか」

その日、キリコは京子に手紙を書いた。学校を卒業して急にヒマになった二人は、文通などということを思いついたのである。

これはなかなかいい案だった。事務所で所在ない時間をすごすキリコにとって、手紙を書くというのは、かなり有益なレクリエーションになったのである。最近は文章だけではあきたらず、漫画を描いたりもしている。漫画は京子の方がずっとうまい。

「このごろは店でソロバンをはじいているのもつまらないし、いっそマンガを本格的に勉強しようかと思っているの。まず雑誌の公募に出すために、いろいろな画材も揃《そろ》えたんだよ」

三日前に受け取った京子の手紙には、そんなことが書いてあった。

キリコは京子への返事を書き終え、舌で切手の裏をなめていた。その時、ドアのあく音がしたのだ。

一人の女が入ってきた。ノックも挨拶《あいさつ》もなしに、ごく当然のようにつかつかと女はキリコの前に歩み寄ってきた。もし女が笑っていなかったら、キリコは叫び声をあげただろう。

それにしても、綺麗な女だった。圧倒されるような華やかな目鼻立ちをしていた。特に目の大きさは極端といってもいいほどで、しかもハッと息をのむほどの切れ長なのだ。キリコに笑いかける口元からは、白い粒の揃った歯がこぼれている。

しかしキリコは立ちすくんだままであった。女が突然現れたこともあったが、キリコは瞬間的に恐怖感がわき上がってきた。なぜなら、目の前にいる女の美しさというのは、あきらかに彼女が今まで知っている女のそれと異質なのである。そのわけは、女が口を開いてすぐにわかった。

「きぃたむぅらぁさん、いますかぁ」

それは日本人の発音ではなかった。

「今、出かけておりますが……あの、どちらさまでしょうか」

「やぁーね」

女は笑い声を立てた。口はさらに大きく開かれ、中の赤い肉がすっかり見えた。キリコはなぜか、食虫花という言葉を思い出した。

「わぁたしぃ、きたむらさんの奥さんね」

キリコはまじまじと女を見つめた。北村が結婚しているということよりも、自分とは違う世界に属しているらしいということの方がショックは大きかった。台湾などの外国の人間に対して、キリコはその程度の偏見は持っている人間なのである。

「ちょーぼー、見せてください」

「はい？」

「ちょーぼーです。紙、ひらく、ひらく、あれね」

「あ、帳簿ですね」

女は北村の椅子に座り、熱心に帳簿を見始めた。深紅色のマニキュアをした指に、長い外国タバコをはさみ、さもうまそうに吸っている。ふと下を見ると、女は靴を脱いで足をぶらぶらと揺らしているのだ。靴は高いヒールの銀色のサンダルだ。そしてストッキングから透けるつま先にも赤い爪が見える。

どうも水商売の女らしいとキリコは思った。そうだとすると、反射的にキリコが持った女への違和感も、もうひとつの理由があったのだ。

「もりやまさん、大学でてるですね」

不意に女が尋ねた。

「はい、二流の大学ですけど、一応」

「にりゅう？　それ、なんのことですか」

「えーと、よくないということです」

「ハハハ」

女は笑った。女が笑うとまた赤い肉が揺れる。

「もりやまさぁん、きたむらさんの言ったとおりおもしろい人ですねぇ。こんど私の店へあそびにきてください。池袋でクラブやってます」

女は黒いエナメルのバッグを開け、一枚の名刺を差し出した。それには、

「台湾クラブ　みみん　陳麗花」

と書かれてあった。

「こいびとと来なさぁい。やすくしといてあげるね」

女はそう言いながら、もう一度キリコに笑いかけた。今度の笑いは、さきほどの大胆な笑いに比べるとずっとおとなしく、女の表情から猛々《たけだけ》しさがすうっと消えた。そして女はその笑いを完璧に続けたまま、ドアから出ていったのである。

しばらくキリコはぼんやりと立っていた。なんだか白昼夢を見ているような気がする。北村に妻がいて、その妻がどうやら台湾人でクラブのホステス、またはマダムをやっているなどということは、とるにたらないことに違いない。しかし、そういう事

実を知った後では、この事務所の風景がひどく違ったものに見えるのだ。今までちょっと見栄《みば》えのいい、平凡な男だと思っていた北村の背後に、実にたくさんのものがあるようなのである。

「京子、元気ですか。あのハイミスの店員とはうまくいっていますか。なんのかんのいっても、あなたは経営者のお嬢さまなんですから、あなたの方で折れた方がいいと思いますよ。学生時代、私にしたような仕打ちを、やはり他人にしてはいけません。ところで、今回の手紙は遅くなってごめんなさい。いろんな事情があって書き直したのです。

私の職場ではいろんなことが起こっています。まず社長（といってもたった二人の事務所ですが）一家が、近くに越してきたのです。事務所の裏にあった貸家を改装して、とてもきれいにしていたらしいの。社長は貧乏だけれど、台湾人の奥さんはすごくお金があるみたい。私はこのあいだ机の中から、三百万円の借用証を見つけました。これは奥さんが事務所設立の時に、社長に貸した金のようです。夫婦でこんなものをつくるなんて、なんかヤーね。あ、遅くなったけれど、北村氏には奥さんがいたということをお知らせします。彼もかなりのハンサムだけれど、夫人の方はもっとスゴイ。ソフィア・ローレンそっくりの迫力ある美女なの。住居が近くなったので、しょっちゅう来てあれこれ指図するのには、ちょっと閉口してます。日本語がよく通じないと、ヒステリーを起こすんだもの。ま、どこかのご令嬢みたいネ。あなたもあのハイミスとも、できる限り仲よくやりなさいよ。

それから早く返事をおくれ。京子からの手紙が、このあわれな勤労少女のたったひとつの救いじゃ。


キリコ」

京子様

手紙を書き上げると、外はもう夕闇が漂っていた。今日は本を二冊も読み上げてしまった。電話は少なくても、キリコはそんなに退屈することがない。

「もりぃやぁまさーん」

麗花が裏口から入ってきた。今まで家事でもしていたらしくジーパン姿で、髪にはターバンを巻いている。化粧をするとあでやかすぎるほど輪郭《りんかく》がはっきりした彼女の顔は、素顔だとむしろ男性的である。したたかな強さがあらわになるようで、それはそれでキリコをおびえさせる。

「あれありますか。ほら、あれです。爪、パチン、パチンする……」

「あ、爪切りですね」

キリコは引き出しの中を探しながら、爪切りを常備していない麗花の家庭というのは、どんなふうなのだろうかと想像した。玄関ぐらいまでしか行ったことはないが、ひどく雑然としていたことだけはおぼえている。

麗花は北村の机の上で、音をたてて爪を切り始めた。紙を敷いたりする配慮はないらしく、爪はそこいらに散らばる。彼女を異人種の女だと、キリコが意識するのはこんな時である。

「もりぃやぁまさん、こいびといないの」

今日は麗花は機嫌がいいらしく、爪を切りながらキリコに笑いかける。麗花はこういう話をすることが、人に近づくいちばんたやすい方法だと心から信じているのだ。

「いいえ、いません」

キリコはややかたくなに答えた。

「そう、かわいそーね」

麗花はマニキュアの部分を損《そこ》ねないように、注意深く爪を切っている。キリコの返事など上の空なのははっきりとわかる。キリコは次第に意地の悪い気分になってきた。

「あの、奥さん、ちょっと聞いていいですか」

「なぁに。なんですか」

「あのぉ、奥さん、日本に来て何年ぐらいなんですか」

「三年。日本にきて三年たっただよ」

「えーっ。じゃおかしいな。おたくのお嬢ちゃん、むっつですよね。向こうでお生れになったんですか」

「そうだよ。ヨウコは台湾でうまれたんだよ」

「じゃ、社長とは向こうで知りあったんですか」

「そうだよ。だって、きたむらさんは向こうにすんでただもん」

ますます話がわからなくなってきた。キリコの推理だと、台湾バーにたまたま遊びに行った北村が、麗花にひっかかったことになっているのだ。

「だって、きたむらさんのおかあさん、台湾のひとねぇ」

キリコは最初の日に会った、あの品のいい中年婦人のことを思いうかべた。年齢がわからないほど、ねっとりと美しい肌をしていた。麗花の国の女たちは、伝統的に妖気じみた美貌をもっているのかもしれない。

「だけど、きたむらさんのお父さん、日本人ねぇ。だから、きたむらさん日本人」

麗花はいつのまにか爪を切るのはやめていた。

「台湾の人、日本人とけっこんするの、すごいこと。きたむらさん、私とけっこんして、いっしょに日本に行こうといってくれた。だから私、日本に来ただよ」

麗花の口調はやや激したものをもち始めていた。キリコはかすかにうろたえて、世《せ》辞《じ》めいたものを口にしたのだ。

「若い頃の社長、素敵だったんでしょうねぇ」

「すてきだっただよ。うんと、うんと、すてきだっただよ」

そう言い切った後、麗花は照れたように微笑んだ。その笑いは、キリコが今まで見たことがないほど可憐《かれん》で、麗花の顔を見おぼえのあるものにしていた。それは男のいとおしさを口にする時の女の顔だったのである。一度もそんな顔をしたことはないけれど、キリコにとって、それは確かに見おぼえのあるものだった。

「製氷機を注文してくれ。急いで頼むよ」

夏が近づいていた。クーラー工事の仕事は目に見えて増え、北村は新しく雇《やと》った助手と一緒に、終日動きまわっている。それだけで忙しいのに、北村はクーラーの他に、電機製品の注文をとってくるようになったのだ。

「ナショナルと連絡ついたら、ここに電話して、いつ頃入るか教えてやってくれ」

北村はそう言いながら、一枚の名刺をキリコの机の上に落とした。四角の隅《すみ》が丸味をおびた女物の名刺で「バー 月光 奥田さわ」と書かれている。くねくねとした書き文字が、いかにも色っぽい商売の女らしい。

「もしもし、北村電機ですが……」

キリコは若い女らしい好奇心に満ちてダイヤルを回した。こうした職業の女の肉声というのを、麗花は別として、それまでほとんど聞いたことがなかったのだ。

「はい、月光です」

太い男の声が出た。

「あの、奥田さんいらっしゃいますか」

「ママですか。ママだったら八時すぎじゃないと来ませんよ」

「あ、そうですか。実はご注文いただいた製氷機の件でございますが、金曜日までに確実におとどけできると思いますので、そうお伝えくださいませ」

かなりがっかりして、キリコは受話器を置いた。しかし、その時から、キリコの頭には「奥田さわ」という名前がはっきりと刻《きざ》まれたのである。

キリコは今でも、自分の勘のよさに時々舌を巻くことがある。それはほとんど男女関係のことに限られるのだが、彼女の予想することはほとんど当ったたし、推理は微に入り、細に入り、巧緻《こうち》を極めた。それはあきらかに長い間、目撃者としての位置しか確保できなかった者の修練の賜物《たまもの》なのである。悲しい部外者としての目が、そういった冷《さ》めて、好奇に満ちた視線をつくるのである。

「北村さん、いらっしゃいますか」

やわらかい女の声の電話は、それからしょっちゅうかかってくるようになった。誰とも言わないので、キリコは、

「女性、また電話しますとのこと」

とメモするより他ない。

北村は帰ってくると、キリコのメモを元に何本も電話をかける。それは得意先だったり、電気会社だったりすることもあれば、時には友人を酒に誘う電話だったりすることもある。

その電話も、その中の一本にすぎない、というふうに、北村は見せかけようとしていた。

「いま起きたんですか」

まず北村は言った。彼の声は低いが明瞭《めいりよう》である。前の席にいるキリコにもはっきりと聞きとれる。

「何してるんですか。――いいですねぇ。今度僕にも食べさせてくださいよ」

北村はこの後、事務的なことを二言、三言いい、

「じゃ、そのうちに一度伺《うかが》いますから」

とありふれた言葉で電話を切った。

しかし、キリコにはその電話が、誰にかけられ、どういう内容を伝えるものか瞬時にわかったのである。

製氷機は、ほとんど利益がなかった。原価にわずか上乗せした値段で、北村はそれを「月光」に運んだのである。その頃から、あの女声の電話は頻繁《ひんぱん》にかかってくるようになったとキリコは思う。

今の電話は、奥田さわに違いないのだ。なぜなら、午後の二時すぎに、普通の人間に対して、

「いま起きたんですか」

などと言うものではない。奥田さわは水商売だから朝が遅いはずだ。彼女は昼すぎに起きて、食事の仕度をしていたところだったのだ。そう考えれば、北村の、

「僕にも食べさせてくださいよ」

という言葉の意味もよく理解できる。

このことは、さっそく京子に手紙で知らせようとキリコは考えた。単調すぎるきらいがあった職場ではあったが、なにやらおもしろいことが起こりそうだとキリコは思った。

それはキリコが考えていたより、ずっと早く起こった。真夜中に、キリコはパトカーの音で目を覚ましたのである。それが気配で近くに止まったことは分かったけれども、眠りばなのキリコは、そのままふとんにもぐり込んでしまった。

次の日、北村は青ざめた顔をし、腕に包帯を巻いていた。麗花とのすさまじい夫婦ゲンカの音を聞きつけて、近所の人間が警察に通報したというのをキリコが知ったのは、それからずっと後である。

そして一週間後、北村は午後になっても事務所に顔を見せなかった。約束はどうしたとなじる電話で、キリコは忙しかった。しかし、夜になっても北村は現れなかったのである。

翌朝、少し早めにキリコは事務所に出かけた。ドアを開けて、キリコはハッと息を呑《の》んだ。

昨日、北村同様、どうしても見つからなかった麗花が、ひとり座っているのである。机の上には、帳簿が開いて何冊か投げ出されている。

「ひどいもんだよ」

麗花は言った。

「会社、はじめたばかりで、すこしもうかってなかったのに、いっぱい使ってあるだよ」

麗花はぼんやりと笑った。今まで挑発的に笑うことはあっても、淋しげに微笑むことなど、一度もなかった女である。

「きぃたむぅらさん、女といっしょだね。きのう、うちを出ただよ。つきとめたけど、かえってこないっていうだよ。もう会社もやめるって、いった……」

キリコはどうしていいのかわからなかったが、ひとまず麗花の前に腰をおろした。

「あんた、知ってた。月光のママさん。おくだっていうひと」

「え、ええ。まぁ……。電話を聞いてそうかなぁって思うことはありましたけど……」

「なにいうか、あんた」

麗花は目をむいた。いつもの激しい表情がもどっていた。

「なんで、あんた、私にいわない。知ってたくせに、なんでいわない！」

その見幕のすごさに、キリコはたじろぎ、思わず立ち上がったほどである。

「いいよ、いいよ、あんた、悪いんでない」

麗花はため息をついた。

「あの二人、あいしあってるっていった。私、店のことといそがしくて、あんまり、きいたむぅらさんのこと、かまってあげなかった……」

放心したようにつぶやく麗花を前に、キリコはほとんど恐怖してしまったのである。それは彼女に対してではなく、自分の運命に対してである。

これほどドラマティックなことが、自分のすぐそばで起こるなど、キリコは今まで考えたこともなかったのだ。中学校の時、田舎の近所に住んでいた下駄屋の若妻が、男と駆け落ちして以来のことである。

「スゴイ、スゴイ」

キリコは心の中で叫んでいた。平凡に生きてきた自分の前に、目もくらむような男と女の出来事がいま展開されたのである。キリコは、はしゃいでいた。そしてはしゃぎながら、彼女は次第に暗く沈んでいった。

「どうして」

キリコは不意に泣き出したくなった。

「どうして、私って、いつも見ているだけなのかしら」

麗花のように、奥田さわのように、そしてその他のたくさんの女たちのように自分にも本当に「寝る男」というのはあらわれるのだろうか。

その時のキリコを怖ろしいほど支配していたのは、その男があらわれるか、どうかという危惧《きぐ》であった。自分が果して、男に愛される女かどうかということであった。

それに比べれば、仕事が見つかるかどうかなどということは、本当にとるに足らないことのようにキリコには思われる。

それにしても、またたく間に、キリコが失業者になったことだけは確かだったようだ。

第四章　キリコ、ひたすら労働す

水槽には黒い色水がはってある。
薄い墨汁《ぼくじゅう》の色だ。それをビニールの小袋に詰める。スーパーでよく見かける「田中のハンバーグ」のパッケージだ。しかし、これをめったにキリコは食べたことがない。なぜなら「田中のハンバーグ」は、百パーセントビーフとかいうやつで、他のレトルト製品の倍以上の値段だからである。

そのハンバーグの空の袋が、山積みというより膨大な量でキリコのかたわらに置かれている。キリコは、このパッケージの品質検査をしているのだ。品質検査といっても、それはきわめて原始的なやり方で行なわれていた。つまり色水を入れて、透《す》かしてみるという方法なのだ。そうして袋に白い亀裂《きれつ》が走っていたら、その一箱はすべて廃棄処分にされた。先ほどもキリコから、

「あ、あった！」

という叫び声があがると同時に、ナッパ服の男たちが、すみやかに段ボール箱を持ち去っていったばかりである。

亀裂は、牛のマークの横にあらわれるといわれていた。その牛は動物なのに正ちゃん帽をかぶり、おどけて足などあげている。テレビのCMでよくみるあれだ。小さく「田中のマスコット・モーちゃん」と書かれてある。キリコは、朝からこのモーちゃんを何千回となく眺めている。

北村電機の社長が蒸発（ちゃんと居場所がわかっている蒸発なのだが）してから、二週間たとうとしていた。あの事務所は、いつのまにか荷物が運び出されていた。麗花はあいかわらず裏の家に住んでいるらしいが、もう顔を合わすこともない。

キリコは、大日本印刷の工場で働いていた。日給は二千九百円。北村電機よりもまだ安いが、その日から働けて週給などというところは、「アルバイトニュース」を探してもめったにないのである。

サイレンが鳴った。昼休みの合図である。一緒に働いているパートのおばさんたちは、トイレに行くふりをして要領よく息ぬきをしたりしているのだが、キリコにはそんな度胸はない。ひたすらサイレンの音を待つだけだ。

キリコは幸《ゆき》ちゃんと一緒に食堂へ急いだ。幸ちゃんは、二十歳の山形県出身の娘だ。このあいだまでどこかの会社の事務をしていたらしいのだが、今は仕事を探しながらその時々のバイトをしているという。キリコと同じ境遇だ。

「本当は二、三ヵ月遊べるぐらいの貯金はあるんだけど、やっぱり働かないとね」

幸ちゃんはやや得意そうに言った。ここに来る途中で菓子パンを買ってくるキリコと違い、幸ちゃんはいつも弁当を持ってくる。海苔《のり》だとかつくだ煮だとかが大半の、つましい弁当だったが、それでもじゃが芋の煮つけや、キンピラゴボウは幸ちゃんの手づくりらしい。キリコはそれを横目で見つめながら、幸ちゃんのそれまでの暮らしぶりを何とはなしに想像した。いかにも融通《ゆうずう》がきかなそうな鈍重な顔つき。それでいて細い目はいかにも頑固そうだ。以前幸ちゃんは、

「前の会社の人たちとはどうしても気が合わなくて、ずいぶん嫌な思いをしたの」

と言っていたが、キリコは彼女と一緒に働く人の気持ちが理解できるような気がする。多分、幸ちゃんは会社の人たちと、レストランへランチを食べに出かけることなど一度もなかっただろう。いつも机に残り、この暗い色彩の弁当を広げていたに違いない。

幸ちゃんはこれまで、漬け物ひとつキリコに分けてくれたことはなかった。

サイレンが鳴って五分ほどたつと、食堂にはたくさんの緑色が流れ込む。工員たち

の作業服の色だ。何百人という男たちが、食べるという目的に向けて、列をつくってやってくるのは壮観といってもよかった。

「すごいわぁ……」

キリコはメロンパンを持ったまま、しばらく口を開けて見ていた。女子校育ちの彼女は、いちどきにこれほどたくさんの男たちを見たことがない。それはキリコが生まれて初めて見る「労働者の群れ」であった。すべての男が、同じ服を着、同じ盆《ぼん》を手にして、全く同じものを口にするという事実に、キリコはなぜかしら感動していた。そして男たちが、ことさら悲惨でも無表情でもなく、明るげに談笑しているありさまから、彼女は目が離せなくなっていた。

「プロレタリアートというのは、すごくセクシーなものですね」

キリコは例によって、その晩京子に手紙を書いた。

「彼らが何百人という単位で、黙々と食事をしているさまは、本当に素敵です。そういうものを実際に目にする前は、どんなにみじめったらしい光景だろうかと思っていたんだけれど、実際はすごくイキイキとしたいい眺めなんです」

キリコは自分の傲慢《ごうまん》さにまだ気づいていなかった。三角巾をかぶり、黒い色水で手を汚しながら、キリコは自分だけは別世界の人間だと信じていたのである。なにかのはずみでそこに紛《まぎ》れた観客が、あたりを物珍しげに見つめるように、キリコは工場の人々を見渡していた。

幸ちゃんだって、ほんのひとときすれ違う人間だと思うからこそ、一緒にお昼も食べたりするのだ。そして彼女に気づかれないように、好奇のまなざしで、彼女の弁当を観察したりするのだ。

しかし、何日たってもキリコは観客の座を脱出できなかった。それからなんと半年以上も、彼女はこの工場に勤めることになるのだ。

そもそも、観客をやめたとしても、キリコには何も待っていなかったのである。


「モリヤマさぁーん、電話ですよー」

大家の声でキリコは眠りから覚めた。日曜日、夕方からまた昼寝をしていたのである。明日は雪が降るとニュースで言っていたとおり、窓ガラスから見える空はどんよりと暗く、五時すぎにはすっかり夜のようになった。なんの後ろめたい思いなくコタツでいぎたなく眠れるこういう日がキリコは好きだった。

「あたしよ、あたし」

久しぶりで聞く京子の声である。早口の癖はあいかわらずだ。

「どう、女工暮らしはうまくいってる?」

「あ、そういう差別用語やめてくんない」

「ハハハ……。だいぶめげてるじゃない。ところでさぁ、あんた横沢理恵おぼえてるでしょ」

「おぼえてる、おぼえてる。すっごく感じの悪い女。かなりのブスで最悪の服の趣味してたわよねぇ」

「あんた、そういう言い方ないんじゃない。ま、あたってるけどさ。ハハハ……。ところでさ、このあいだあの子にバッタリ会ったのよ。そん時あんたのこと聞いたから、仕事が無くって、印刷工場で女工のバイトしている、って言ったのよ。そうしたら、うちに来てくれないかしら、だってさ」

「えーっ、あのコのうちって何やっているの」

「知らなかった? あのコのパパって医者よ」

「ええーッ、私に看護婦をやれっていうんじゃないでしょうね。ダメよぉ、私、資格もってないし、それに男の裸なんて見たことが無いんだからね」

「男の裸がなんで出てくるのよ。違うのよ。あのコのパパがね、今度『植毛診療所』を開いたんだって。そこで働いてくれないかって」

「なによ、その植毛って……」

「なんでも、ハゲの人の頭に一本一本毛を植えていくらしいよ」

「ギャハハハッ、本当にあんの、そんなもの」

「詳《くわ》しくはさ、横沢に直接聞いてよ。じゃ、電話番号言うわよ。……あ、それから、これ聞いた話だけどさぁ、その人工毛の病院、儲《もう》かって儲かって仕方ないらしいよ。なんでも給料、十二万円出すってさ」

「え、十二万円！」

キリコは思わず大声を出してしまった。就職にかけては、キリコはオーソリティといってもいい。その彼女が知っている限りにおいても、九万円より上の初任給を出すところなどめったになかったはずだ。

「十二万円、十二万円だって……」

部屋にもどっても、キリコの興奮はとまらない。

自分にもやっと運がむいてきたような気がする。十二万円などという大金をもらったら、いったいどんなふうに使えばいいのだろうか。このアパートの家賃が、八千六百円なのである。あと十一万一千四百円を、キリコは自由に使うことができるのだ。

まず洋服を買おうとキリコは思った。この数ヵ月、パンティストッキング以外のものを買ったことがない。一万円札を持ってデパートに行く自分を想像すると、キリコは胸が躍《おど》る。貯金だってしようと思う。今までキリコは六万円ほどの生活費で暮らしてきたのだ。十二万円との差額を貯めていけば、相当の金額になるはずだった。

しかし——と、キリコは不意にはしゃぐのをやめた。横沢理恵の父親のところで働くというのは、やはり彼女の使用人になるということなのだろうか。

キリコは理恵のわがままそうな表情や、かん高い声を思い出した。やはりかっての同級生の下で働くというのは、いかにも屈辱的なことのような気がする。

「まるで『路傍の石』みたい」

不意に昔、小学校の講堂で見た映画を思い出した。あの主人公も丁稚《でっち》として、かって同級生であり、今は主人の息子である友人からつらいめに遭わされるのだ。

「でも、理恵ってそれほど悪い性格じゃないかもしれない。私のことを心配してくれたぐらいだし……」

とにかくキリコは、貧しい生活にあきあきしていたのである。あまりにも長いこと、ストイックな生活を続けていたせいか、近ごろは物に対して、なんの興味も欲望も起きない。そんな自分に不気味さを感じていた頃に、この「十二万円」の話である。キリコは急に自分の内部がいきいきと活動をし始めたのを感じた。今まで押さえつけられていたさまざまなものが、いっせいに声高に喋《しゃ》べり始めたのである。

「あれも欲しいよぉ」

「これも食べたいよぉ」

キリコはもう辛棒《しんぼう》しないことにした。だから彼女は、教えられた理恵の電話番号を回すために、公衆電話に走っていったのである。


理恵の父が経営する「人工植毛診療所」は、新宿のビルの中にあった。つい最近引っ越したばかりだという、ワンフロア借り切りのオフィスは広々としていて、京子が言っていた「儲かりすぎて困る」というのは、どうも本当らしい。

キリコはさっそく白衣を着せられ、病院の一室に案内された。そこでは七人ほどの若い女が、前かがみで、一心に手を動かしている。

「ほら、よく見てごらん」

理恵の父である横沢医師が、キリコを手招きし、一人の女の肩ごしに立たせた。

「ほら、一本一本、毛を注射針に入れているだろう」

女は持っているピンセットの先で、一本の人工毛を箱からつまみ出している。その手前には注射針が待ちかまえていて、黒々とした人工毛が通される仕掛けだ。注射針といっても二センチほどの長さで、上から送ってやると、下の方から人工毛の先端はすぐに顔を出す。それを下から再びピンセットでひっぱると、人工毛はスーッと穴の中に入り、毛根にあたる白い突起が針の先に残るという仕掛けだ。

「これを、どうするかというとだな……。そっとついておいで……」

横沢医師は、キリコに軽く目くばせして、境のカーテンを静かに開けた。

次の間も広い部屋だった。カーテンで仕切られた五つの個室がある。そのひとつに、彼とキリコは静かに近寄っていった。

次の瞬間、キリコは思わず吹き出しそうになった。あまりにもみごとなハゲ頭が、突然目の前にとびこんできたのである。おまけにそれは拡大鏡ごしである。

リクライニングベッドに、そのハゲ頭の男は横たわっていた。頭を背にしているので、キリコたちの姿は見えないが、もし鏡でもあったら、必死に笑いをこらえている若い女の姿を目にして、相当怒りに燃えたことであろう。

白衣の男が、そのハゲ頭をかばうようにして座っていた。手には先ほどの注射針を持っている。そしてごく機械的にひとつひとつ、男の頭にさしているのだ。

小気味いいほどあっさりと、針は頭の皮膚にぶすりとささる。すばやく白衣の男は針ごと手を離す。すると、後には黒い一本の毛がハゲ頭に残るのだ。

「な、わかっただろ」

とでもいうように、横沢医師はニヤリと笑った。二人でのぞき込むようなかたちになるので、自然キリコは、彼の顔に近づかなければならない。しかし、彼の口臭には閉口してしまった。腐《くさ》ったワラのような妙な臭いがするのである。おまけに彼の歯は、無神経なほどヤニで真っ黒だ。

キリコはどうしても、横沢医師を好きになれそうもない。先ほどからの彼の行為も、親切といえば親切なのだが、やりきれないほどの押しつけがましさと、子どもじみた自己顕示欲《けんじよく》を感じるのだ。いちいちもったいぶって、芝居じみたところは、娘の理恵にそっくりである。

「どうだい。やれそうかい」

先ほどの部屋にもどりながら、横沢医師は顔を寄せてそっと聞いてきた。あいかわらずワラのにおいがする。

「私にできるでしょうか」

キリコは本能的に、こういうタイプの人間に対する接し方を知っていた。ややおどおどと、謙虚な娘の振りをすればいいのだ。

「あの、人工毛を針に入れる作業、みんなすごく早くて、まるで神技《かみわざ》ですね……」

ついでに世辞《せじ》も言っておいた。

「慣れだよ。慣れ。君だって頑張ればすぐにあんなふうにできるよ」

横沢医師は機嫌よく大げさに手をふってみせた。

「ハハハ、理恵から聞いたところ、君は相当の頑張り屋らしいから、期待してるよ」

理恵にも、このやり方で通そうとキリコはその時決心した。

「律ちゃん、律子《りつこ》君、ちょっと来たまえ」

不意に横沢医師は叫んだ。さっきの若い女の列の中から、一人が立ち上がった。ほっそりしたきれいな娘だ。鋭角的な顔はいかにも意志が強そうだが、黒目がかった瞳で救われている。

「今日から働くことになった森山キリコ君だ。うちの理恵の大学の時の同級生だから、よくめんどうを見てくれたまえ、わかったね」

「わかりました」

律子と呼ばれた少女は低く答えた。

「この律ちゃんはねぇ、うちの病院の最高記録保持者なんだ。一分間で二十本入れられるのは彼女だけだからねぇ。ハハハ」

横沢医師の言葉を、恥じらう様子もなく、律子は無表情で聞いている。その透きとおるような肌の色と、唇の薄さは、後々までキリコの印象に残った。

「律ちゃん、森山君を君に預けるから、急いで仕込んでくれよ。すぐ実戦に備えられるように。わかったね」

「はい」

律子は黙って歩き出した。キリコはあわてdriてついていく。後ろ姿の薄い肩も、実にそっけなくて、キリコは彼女の感情を読みとることができない。しかし、かすかではあるが、キリコは自分が決して歓迎されていないことを感じていた。

律子に促《うなが》されて、キリコはピンセットと注射針を持った。実際に手にとってみると、人工毛は本物の毛よりも太く、穴は途方もなく小さい。これに毛を通すなどということは、全く不可能なことのように思われた。まず、ピンセットで毛をはさむということさえ、キリコはできないのである。ぎごちなく道具を操り、やっと最初の一本が通った時には、キリコは汗だくになっていた。

「できた、通ったわ」

キリコは思わず大きな声を出した。ふと傍《かたわら》の律子を見ると、彼女はニッコリと微笑んでいる。キリコは律子の方へ針を差し出して見せた。

「ほら、ね」

律子はさもおかしそうに微笑みを深くした。

「できたもんね。私、もし一本も通せなかったら、ここから逃げ出そうと思ったけど、よかったわぁ」

キリコは道化ている自分を確かめながら、なぜ会ったばかりのこの少女に、これほど魅《ひ》きつけられるのだろうかと考えていた。

キリコがさらに言葉を続けようとした時だ。カーテンがサッと開かれた。

「キリちゃーん、来てくれたのぉ。しばらくうー」

理恵である。父親似の赤ら顔に、満面笑みをたたえている。彼女はキリコたちとは違うブルーの制服を着ていて、その色は彼女の置かれている立場と、意識をよくあらわしていた。

「私のわがままを聞いてくれて嬉しいわ。とにかく忙しくって、忙しくって、人が足りなかったところなの。キリちゃんが勤めてくれるって聞いて、私がどんなに心強いかわかりゃしない」

理恵はその言葉が嘘《うそ》ではないといわんばかりに、キリコの肩に手をおいた。

「後でヒマになったら私の部屋に来てちょうだい。あっちの方で、私は患者さんの予約をとったりしてるの。ああ、嬉しい。懐かしいわぁ。話したいことがいっぱいあるのよ」

キリコはやや面くらっていた。学生時代、彼女と理恵は、親しくつき合ったことなど一度もないのだ。だいいち「キリちゃん」などと親しげによばれたのは、今日が初めてのことである。理恵のこのはしゃぎ方は、キリコにはどうも理解できない。彼女の性格、二人の過去のつき合い方を考えても、これほど歓迎される理由はないのだ。

しかし、キリコの中にある優越感が刺激されたのは事実である。経営者の娘の、大学時代の仲よしの友人という地位は、キリコにとってそう不快なものではない。

「じゃあ、後で行けたら、行くかもしれない」

慎重にキリコは答えた。ここであまり慣れ慣れしくしすぎると、理恵の上機嫌に水をさすかもしれないという配慮があった。なにしろ学生時代から、理恵はつまらぬことで怒り出すので有名だったのである。

「じゃ、待ってるわ。本当に来てね。絶対よ」

にぎやかなスリッパの音をさせて、理恵は去っていった。

キリコは再び、ピンセットを持った。いまこの場に漂っている沈黙で、みんなが聞き耳をたてていたことがわかる。キリコは、そっと律子をうかがった。先ほどの笑顔は嘘のように消えて、その横顔は無表情にもどっていた。

「植毛診療所」に勤めて、初めての給料日のことを、キリコは今でもよく憶えている。家賃や電気代を払っても、一万円札が何枚も残っているなどというのは、キリコにとって初めての経験だったのである。

前から欲しかったブラウスを買い、ついでにスカートも買った。その帰りに、アパートの近くの食堂で、キリコはポーク・ピカタも食べたのである。

「お金があるって、こんなにいいことなんだわ」

久しぶりの肉の味を楽しみながら、キリコは実に晴れ晴れとしている自分に気づいていた。そう、本当に気恥ずかしくなるぐらい、キリコは明るくなっていったのである。つい最近まで、キリコは自分は金に対して無頓着だと信じて疑わなかった。食パンの数を確かめて食べるような生活をしていた時も、金に対して大きなうらみや願望を持たなかったように思う。

「ふつうに暮らしていければ」

というのが、あの時の彼女の精いっぱいの野心だったはずだ。

そのキリコが、

「お金はやっぱりあった方がいい。それもいっぱい」

と心から思う。今考えれば、あの時のストイックな気持ちは、一度も金を持ったことがなく、使う楽しみも知らなかった人間の一人合点《がてん》だったような気がする。いま、新しい洋服が入った紙袋を持ち、口のまわりについた肉汁をなめている自分は、とにかく幸せなのだ。幸せというものに、金の力が大きく介入しているとしても、本当にキリコは幸せなのだから仕方がない。

「そうだわ。貯金しなくっちゃ」

不意にキリコは思った。この幸せはすぐに逃げそうな気がする。これを縛《しば》りつけておくための、ただひとつ彼女にうかんだ案というのは、金をとどめておくことなのである。

「昨日の夕刊の広告だったかしら。積み立て定期預金がすごく有利だって。このままでいけば、私、一月に三万円ぐらい貯金できるかもしれない」

囲りの客に気づかれないように、キリコは秘かに指を折った。

「三かける十二は、三十六万円。それが三年間だとすると、えーと、百八万円！」

百万円というのは、キリコにとって気の遠くなるような大金である。

「すごいわ、すごいわ、百万円もたまっちゃうんだわ」

キリコは秘かにほくそ笑み、次の瞬間愕然《がくぜん》とした。

「私、あんなところに、三年間もいなきゃいけないのかしら」

最初のもの珍しさが消えると、理恵はキリコに対して、昔の理恵にもどった。気分次第でずけずけと物を言い、そうかと思うとまるっきり無視をする。そんな彼女が気にならないと言ったら嘘になる。血の気がなくなるような思いをしたことも何度かあった。

けれども、最近のキリコは、物ごとすべてに鈍感になろうと努力し、それは着々と成果を上げている。理恵の性格は学生時代からそうであったし、そのエキセントリックな行動はキリコだけに向けられているのではないと思えばいいのだ。それに、理恵の態度が硬化するのと全く反比例して、従業員の女の子たちとキリコは、目に見えて接近しているのだ。

「そうだわ、気にすることないんだわ」

キリコは自分に言いきかせた。それは嘘だ。そうできないことは、彼女がいちばんよく知っている。

しかし、そう思わないことには、キリコ自身が困るのだ。なぜなら、十二万円のためなら、どんなことでもしようと、すでにキリコは決心していたからである。

「キリちゃん、ちょっとキリちゃんじゃないの。消毒したピンセットをこんなところに置いとくのは」

理恵のかん高い声が、部屋に響いた。

「あ、それ。今しまおうと思ってたところよ」

キリコはおずおずと言った。

「思ったって、やらなければダメじゃない。いい、私たちの仕事でいちばん大切なことは清潔っていうことなのよ。そのために細心の注意をはらうってことが、患者さんへの誠意っていうものじゃない」

こういう芝居じみた説教まで、父親そっくりだとキリコは思う。そして興奮すると、ますます赤ら顔になる理恵をつくづく醜いと思う。そして、昔の同級生に叱りとばされるという現実の中で、相手を観察する冷静さを持っている自分はもっと醜いと思う。

「だけど理恵さんも、ちょっと言いすぎよねぇ」

帰り道の喫茶店で、由紀江が灰色の煙草の煙をはきながら言った。二十四歳、診療所の中では、いちばんの年長者だ。以前は化粧品のマネキンをしていたとかいう、気の強い娘だ。

「仕方ないいんじゃない。気にしていないわ。あの人、昔からああいうふうだったし」

この期《ご》におよんでも、キリコは理恵と仲のいい友人の役を演じようとしていた。それにあの工場生活から救い出してくれた人間だと思えば、やはり悪口は言いづらい。

「ふうーん。昔っからねぇ。やっぱりあの親子って異常なのねぇ」

誰かがシーッと由紀江をたしなめた。キリコが聞いているじゃないという意味らしい。

「だいじょうぶよ、この人なら」

凛《りん》とした声で言った。律子だった。

「絶対に言いつけたりするような人じゃないから。それに私たちがあの人たちのことをどんなに嫌ってるか、あの人たちだって知っているはずよ」

「そうね、だからキリちゃんを診療所によんだんだし」

由紀江が合いづちをうった。

「ちょっと待って。それどういうこと。私をよんだって……」

「ああ、そのこと。つまんないことを言っちゃったわね」

由紀江はとりつくろうように、片頬で笑った。

「つまり、こういうことなのよ。理恵さんがちょっとしたことで、ある時ヒステリーを起こしたのね。それで私たちが結束して、あの人と口をいっさいきかなくなった時私の同級生の中で誰かいないかしら』って言い始めたのよ。きっと味方が欲しかったんじゃない。その時はあの人もさびしかったんじゃない。急に『もう一人入れたい。私があるの。その時はあの人もさびしかったんじゃない。急に『もう一人入れたい。私

「でも理恵さんにとって、キリちゃんは見込み違いだったはずよ」

　律子が低いけれど、きっぱりした声で言った。

「別に自分のことをチヤホヤしてくれるわけでもないし、かえって私たちと仲よくなってしまったんだし」

「だけどキリちゃん、どうしてこんなところに来たの。あの人、あなたの同級生なんでしょう。しかも、あんなに性格の悪いコ、ちょっといないわよ」

　由紀江はさらに言う。その中にかすかな責めがあるようで、キリコは黙ってうつむいてしまった。

　彼女たちに、どうやったらわかってもらえるのだろうか。

　キリコを雇おうという会社はひとつもなかったのだ。来る日も来る日も、食パンだけを食べ続けていたのだ。北村電機の社長は、女のところへ逃げてしまったのだ。

　何ヵ月ぶりかに食べた、ポーク・ピカタのうまさ。新しいブラウスのうれしさ。それをどうやったら彼女たちに伝えることができるのだろうか。

しかし、やはりそれは口にしてはいけないことだとキリコは思った。そのくらいの恥じらいの気持ちは、彼女にだってあるのだ。

「次の患者さん、五百本よね。いいわね」

理恵がカーテンを開けて声をかけた。来た客を案内し、お茶をすすめたり、今日の治療の都合を聞いたりするのは彼女の役目である。

「あーら、お久しぶりでございます」

などと上得意を迎える時の、理恵の気取った高い声は、キリコたちの部屋までよくとどく。その声で、キリコたちはなんとはなしに身構えるのだ。現金な理恵は、二、三十本程度の植毛の客には、あきれるほどそっけない。

キリコはここに勤め始めてから、世の中にいかにハゲと金持ちの男が多いかということに、心底《しんそこ》驚いていた。一本二百円の植毛を、来るたびに五百本や千本注文する客などざらなのだ。

「あのさ、あの人工毛って本当に抜けないの。本当に自分の髪と同じようになるの」

キリコは聞いたことがある。

「バカね、あんなものすぐに抜けちゃうにきまってるじゃないの」

由紀江ははきすてるように言った。

「エーッ！　じゃあ、どうしてあんなに大金を使ってる人たち怒らないの。みんなしょっちゅう来てるじゃないの」

「それがさ、ここの口のうまいところよ。クシの使い方がヘタだったとか、皮膚の具合によって、十本に三本は抜けることもありますとか、適当なことを言ってればそれで相手は安心するのよね」

「ふうーん、そうなの」

「それにさ」

由紀江はそれが癖の、皮肉な笑いをうかべて言った。

「ハゲの人って、お人よしが多いのよね。一縷《いちる》の望みっていうやつに、平気で何百万っていう金をかけちゃうんだから」

その望みを入れた注射針は、十本単位でケースに入れられる。それを客のベッドまで運び、替わりに空の注射針を持ってくるのは、まだ新人のキリコの役目だ。

五百本の植毛というのは、かなり時間がかかる。特にその客というのが、異常といってもいいほどの脂性《あぶらしょう》で、針をさすのにかなり手間取るのだ。「青木」とよばれるその男の顔を、キリコたちは見たことがない。が、ギラついたハゲ頭と、すぐに汚れる

注射針とで、その名前はよくおぼえている。由紀江などは、

「次は青木さんよ」

という声を聞いただけで、

「また手がベトベトになっちゃう」

などと顔をしかめたものだ。

キリコはいま、ベッドの傍《そば》に立って、注射針が空くのを待っている。

血色のよい、赤味をおびた円形の皮膚が、キリコの前に横たわっている。わずかに黒い影が見えるが、それがかろうじて残っている彼の地毛なのか、人工毛なのか彼女にはわからない。

植毛士（人工毛を植える男を、キリコたちはこうよんでいた）が手に持つ針が、ブスリと皮膚にささる。そのとたん、一本の毛が彼の頭に生じる。

いかにもつくりものめいた、はかなげな黒い線。

キリコは急に、胸にせつないものがわきあがってきた。

「こんなもの嘘ものなのよ。本物の毛にはどうしたってかなわないのよ」

突然、叫びたくなった。そしてベッドに横たわっている男が、あわれでたまらなくなった。できることなら揺り動かして、

「こんなことやめなさいよぉ。ハゲが気になるんだったら、アデランスにすればいいじゃない！」

と怒鳴ってみたい。しかし、キリコが白衣を着ている限りは、そんなことは許されないのだ。

キリコは、その時やっとわかったのだ。こういう一連の香具師《やし》めいた行為により、自分の十二万円という破格な給料が支払われていることを。だから、その時のキリコは、ただ黙って、男のハゲ頭を見つめているだけなのだ。

「キリちゃん、お昼いっしょに行かない」

律子に誘われると、キリコはただむやみに嬉しい。無口で、これといって自己主張もしない律子ではあるが、腕がいいのと、いかにも思慮深い行動から、理恵親子からも一目置かれていた。新人でなにかと失敗の多いキリコを、さりげなく庇《かば》ってくれるのも律子である。

二人は近くの喫茶店に入った。

「ビーフカレー、二つね」

律子はそう言うと、ポケットから煙草をとり出した。セブンスターに火をつけ、さもうまそうに吸う。彼女はキリコより二つ齢下《としした》なのだが、こういう動作は実にもの慣れしていて、キリコはなぜとはなしにどぎまぎするのだ。

「疲れた？　今日は朝から忙しかったものね」

律子はのぞき込むようにキリコを見た。やや茶色がかった瞳は、こうする時にいっそう深くなるようだ。

「ううん、だいぶ慣れたから。まだ針に入れるのは、律ちゃんみたいにうまくないけどさぁ」

「あんなもの、うまくなったってどうにもなりゃしないわ」

律子は、煙を白くはいた。

「キリちゃんに言うのがいちばん最後になっちゃったけど、私、今月でやめるからね」

「えっ、律ちゃんが。本当？　いつきめたの」

「ずうっと前から思ってたわ。私ねぇ、キリちゃんは知らなかったと思うけれど、お芝居の勉強しているの。それでお金がとっても欲しかった。だからあそこに勤めてたの」

律子は運ばれてきたカレーのスプーンをすばやくとり、さくさくと食べ始めた。なるべく話をそっけなく、事務的に言ってしまおうとするかのようだった。

「だけど私、つくづく嫌になっちゃったのね。あんな最低の人間に使われて、インチキっぽい仕事をやっているのが、本当に我慢できなくなっちゃったの。あ、どうしたの。カレー食べなよ。冷めちゃうよ」

おそるおそる口にしたカレーが、ねっとりとキリコの口の中でからまる。

「私、ずうーっと思っていたの。これはお金のためだ。割り切らなきゃいけないって。だけどさ、そういう考え方って本当に悲しいと思わない？　私たち若いんだからさ、そういうことを口にしちゃいけないのよね」

どうして、今日のカレーはこんなに苦いんだろうか。

「私ね、もう次の仕事をきめてきちゃったんだ。ウェイトレスやるの。仕事はきついかもしれないけれど、あそこよりはずっとましよ」

カレーが辛すぎて、鼻の奥がつうーんとなる。

「キリちゃんと会えなくなるのは淋しいけどさ……。あの、私がこんなことを言うのはナンだけど、キリちゃんも早くあそこをやめなよ」

「うん、やめたいんだけど、理恵ちゃんに悪いような気もするし……」

「キリちゃん」

律子は突然スプーンを置いてキリコを見た。あの目が光っている。なにか聞かなくてもいいことを聞かされてしまいそうだ。

「理恵さんが、キリちゃんのことをどんなふうに言ってるか知ってる？　あの人は私が救ってあげなかったら、今頃どうなっていたかわからないって。就職先がなくてウロウロしているところを私がめんどうみてあげたんだって。それなのにあの人、気がきかなくてドジばっかりしているって、理恵さんそう言ってるんだよ」

もうカレーは何の味もしない。

「キリちゃんがいい子だから、私はこう言うんだよ。キリちゃん、早くやめなよ。あんなとこにいちゃいけないよ」

キリコは吐き出したいほど不味《まず》いカレーを、それでも必死にすくって口に入れていた。その動きをやめると、きっと涙がこぼれるに違いない。

「私さ、本当のことを言うとキリちゃんのことを、最初軽蔑《けいべつ》してたの。いくらお給料がいいからって、同級生のうちになんか働きに来るなんてさ。でもさ、キリちゃんのことを今はようく分かっているつもり。ね、早いうちにやめよ。私といっしょに」

キリコには、もう律子の言葉は聞こえない。さっきから、

「こんなこと、大したことじゃないわ」

とキリコは夢中で自分に言いふくめていた。もう二度と、あの診療所に帰りたくない、理恵の顔も見たくないと思う。そうできたらどんなに楽だろうか。それができない限り、律子から聞いたことは、すべて軽く考えなければいけないのだ。

「ね、キリちゃん。そう思わない。この世の中には、お金より大切なことっていっぱいあるんだよ」

じゃ、それを見せてほしいとキリコは思った。

ついこのあいだまで、「働く」ということが、キリコの中ではいちばん尊いものだった。しかしその思いは、就職の前後でことごとく破れてしまったのである。そして、次に彼女がたどりついたものは「金」ということであった。もちろん、それが真実だなんてキリコはこれっぽっちも思ってはいない。しかし、結論めいたものを心の中に持つ安らぎは、この二、三ヵ月キリコを随分明るい人間にしていたはずだ。それをいま、律子がすべてぶちこわしてしまったのだ。

今日、キリコはきっと眠れない夜をすごすはずだ。

また明日から悩む日が続くはずだ。

キリコは、その時律子を激しく憎んだ。

「誰にも——」

キリコはその時、はっきりと声に出して言いたかった。

「誰にも、私の心をメチャクチャにする権利なんかないはずなのに」

キリコは、目の前の、茶色のドロドロしたものがのっている皿を、誰かにぶつけてみたくなった。

第五章　キリコ、コピーライターとやらをめざす

キリコのアパートは池袋にあった。

東口の六叉《むつまた》ロータリーを、だらだらと巣鴨《すがも》の方に歩いていくと、小さなアパートばかりが密集している地帯がある。レストランは一軒もないけれど、中華料理店は五軒もある。東京には珍しく、銭湯も狭い地域に二つあった。キリコは、学生生活の後半からここでずっとすごしているのである。

アパートは木造の平屋建てで、昼間でもひんやりと薄暗い。六つある部屋はどれも四畳半で、学生か、金の無い若い社会人が住んでいた。

四年近くもここに暮らしていたキリコは、アパートの中で古顔になっていたといってもいい。彼女は、住人の顔や学校名、または勤め先、誰が共同トイレの掃除をサボるかなどということもほとんど知っていた。廊下の電球がきれたことを、庭続きの家に住んでいる大家に陳情するのもキリコの役目である。

そのキリコが、向かいの部屋に新しく人が引越してきたのを長い間知らなかったというのは、やはり植毛診療所の日々に、神経をすり減らしていたからに違いない。

「ねぇ、前の部屋、誰か入ったみたいね」

キリコは隣りの女子大生にそっと聞いてみた。

「あれ、森山さん知らなかったの」

彼女はさも驚いたように目を丸くした。

「伊藤さんっていう女の人だよ。私、もういろいろお話ししちゃった。なんでもマスコミ関係の仕事をしているんだって」

「マスコミ！」

久しぶりに口にする言葉だ。そんな女が、この汚ないアパートにどうしてやって来たのだろうか。キリコは、どうやら境遇がそれほど違わないらしいのに、華やかな仕事をもつその女に対して、すでに嫉《ねた》ましさを感じていた。

「ふうーん、私はその人に一度も会ったことがないわ」

「だって伊藤さんっていうのは、帰りがすごく遅いんだもん。私だってこのあいだ、お風呂に行く時、偶然に会ったんだよ」

その言葉からも、キリコは穏《おだ》やかになれない。「帰りが遅い」ということからさえ、キリコのまだ知らぬ世界の端々が伝わってくるのだ。

その日から、キリコはドアの向こう側を気にするようになった。夜中に誰かが帰ってくる物音がすると、その「マスコミの女」ではないかと聞き耳をたてるのだ。

キリコがその女にやっと会えたのは、女子大生から話を聞いて、一週間もたった頃である。

廊下でキリコは買い物袋をかかえた女と、はち合わせをしてしまった。その女が、例の向かいの部屋の住人だということはすぐにわかった。なぜなら、このアパートで唯一キリコの見知らぬ人物だったからである。決して、彼女がそれらしい風体《ふうてい》をしていたからではない。それどころか女は、キリコに負けず劣らずあかぬけない服を着ており、顔もいかにも平凡でこれといって特徴がない。

「伊藤さんでしょう」

キリコは言った。

「私、向かいの部屋の森山です。早くおめにかかりたいと思っていたんですよ」

「まぁ、どうも」

女はぎごちなく頭を下げた。その姿も田舎じみていて、キリコの想像とはるかに違っていた。

まだかなり若いらしい。キリコもよく行くスーパーの紙袋からは、パックの〆鯖《しめさば》と、ホウレンソウの緑が見える。キリコは急に優越感と、同時に親しみの感情をもった。

「よかったら、後で私の部屋でお茶を飲みませんか。夕ごはんを食べたら声でもかけてよ」

「それよりも」

女は意外なことを言った。

「一緒に夕ごはん食べませんか。私、いろいろ材料を買ってきたところなんです。私のつくったものじゃおいしくないかもしれないけど」

「本当、嬉しいわ」

人なつっこいということで、二人はまず気が合った。キリコはそれまでうさん臭く感じていたこの女に、たちまち好意をもったのである。

意外ともいっていいぐらい、女は料理がうまかった。もっとも、おひたしに、〆鯖という料理ともいえない献立であったが、それでも女がつくってくれた味噌汁は、久しぶりの味で温かくキリコの胸をうった。

「これ、田舎のうちでとどけてくれた梨。二十世紀の方がおいしいかもしれないけど、私は長十郎の方が好きなんだ」

女は食後の果物をむきながら、かすかに恥じてみせた。その姿は、今までキリコが知っている、このアパートの地方出身の女の子たちと少しも変わらない。キリコはいちばん知りたかった質問をしてみた。

「あのぉー、伊藤さんってマスコミの仕事をしているんでしょう。ねぇ、どういうことをしているの」

「やだ。誰がそんなことを言ったの」

「隣りのミドリちゃんよ。ほら、あなたいつか出会ったでしょう。ちょっと太った女子大生」

「ああ、あの人ね。やだなぁ、マスコミっていったって、違うのになぁ」

女は身をよじって照れている。キリコはだんだんいらだってきた。

「ねぇ、だからどんな仕事をしているのよ」

「私はねぇ、普通の会社に勤めているんだけど、こういうものをつくっているの」

女はキリコが考えていた以上に人がいいらしい。キリコの口調にも怒る風でもなく、素直に立ち上がって一冊の雑誌を持ってきた。

貧弱な小冊子で、表紙にはキリコも聞いたことがある、中堅の建築会社の名前が平仮名で書かれてある。

「社内報よ。私、会社でこの編集をやっているの」

「なぁんだ」

キリコはいささか拍子《ひょうし》抜けしてしまった。確かにこれもマスコミのひとつといえないことはないかもしれない。しかしあまりにも規模が違いすぎる。なにもあれほど嫉妬することはなかったのだ。それにしても、隣りの女子大生はどうして彼女がマスコミをやっているなどと言ったのだろうか。

「ああ、それね。もしかしたら、私がマスコミ専門学校に行っているからじゃないの。たぶんそんなことを言ったのよ。私」

「ああ、四谷にあるマスコミ専門学校ね。聞いたことあるわ。あなた、そこで編集の勉強をしてるのね」

「ううん、私、コピーライターになりたいの」

その職業は、キリコにとって耳慣れない言葉であった。それまで何度か雑誌で見たような気がするが、あまりにも漠然としていてえたいが知れない。

「ええーと、コピーライターっていうのは、広告の文章を考える人なんでしょう」

「そう。ほら、新聞とかポスターに、何か書いてあるでしょう。あれをつくるのよ」

女は再び立ち上がった。なにやら本棚を探している。

「私ね、もう先生の紹介でアルバイトをしているの。これがそうよ」

手にとってみると、銀行のパンフレットである。そこには、

「明日も天気になぁれ。○○の総合定期」

「決めた人が得をする。○○の積立定期」

などという文字が書かれている。どう考えても、たいしてうまいとも、おもしろいとも思えない。

「これ、あなたが考えたの」

「そうよ」

女は得意そうに、ちょっと唇をゆがめた。

その瞬間、今まで感じたことのない新鮮な希望が、キリコの中に生まれたのである。

「こういうのもあったんだわ」

キリコがあれほど憧《あこが》れていたマスコミ。それは彼女にとって、編集というものと全く同義語であった。しかし、今知ったばかりのコピーライターというのも、どうもマ

スコミの一種らしい。しかも、編集よりはるかにラクそうで、簡単そうである。なにしろいま目の前にいる、いかにもありふれた女がやっているのだから。

「このコでさえ、いっぱしの顔しているんだから、私にできないってことはないはずだわ」

キリコはそう思い、とっさに自分のそんな気持ちを恥じた。なんといっても、彼女はキリコに夕飯をご馳走してくれたばかりなのだ。

「あのさ、そのコピーライターっていうのはどうしたらなれるの」

「簡単よぉ。うちの学校に通えばいいじゃない。夜間部もあるしさ。あのね、成績がいいと、学校から就職先を紹介してもらえるのよ」

「ふうーん、おもしろそうだなぁ。私もちょっと行ってみようかな」

キリコはいかにも興味なさそうに言った。自分がこれほど興奮していることを、女に悟られたくなかったのである。

「あ、ちょっと待って。私、学校の案内書を持っているかもしれない。探すからちょっと待っていてね」

かがんで本棚を探しはじめた、女の大きめの尻を、キリコはたいそう後ろめたい思いで見つめていた。

ものごとはそううまく運ばなかった。

女に教えられたとおり、四谷の専門学校にキリコはさっそく出かけたのであるが、すぐには入学できなかったのである。

「後期はもう〆切ったんでねえ。あと二ヵ月待ってもらえるんだったら、願書を受付けますよ」

眼鏡をかけた受付の男は言った。

ふくらむだけふくらんでいた心が、急に萎《な》えるような気がするのは否めない。子どもの時からいつもそうなのだ。キリコがことさら大きな期待をかけた祭りや遠足はよく雨が降った。そして少女だったキリコはそのまま興味を失くしていったものだ。

けれども今のキリコは、あの十歳のキリコではない。二十歳もいくつかすぎて、興味というのはそうたびたび訪れてこなくなっている。一度失った興味は、すぐに他の興味と入れ替えできないということも知っている。

キリコはその場で、二ヵ月先の入学のための願書を書いた。授業料十二万円は、今朝銀行に行って、定期預金を解約してきた。三万円ずつ積みたてていった金は、ひょんなことに役立ったのだ。

「お金より、大切なものがあるのよ」

という律子の言葉をキリコは思い出していた。

あれから律子はどうしたのだろうか。

確かに金より大切なものはこの世に山ほどあるかもしれない。けれどもその大切なものを手に入れるために、金が必要なことだってある。

キリコはいま、そんなことを律子に話してみたくなった。


四月のある夜、キリコは四谷にある貸ホールにいた。今日はマスコミ専門学校の入学式なのである。

今年の入学者は、二つのクラスを合わせて百八十名だと事務の男は告げた。キリコは、これほど自分と同じことを考える人間が多いことに驚き、そしてかすかに苛立《いらだ》っていた。

コピーライターというのは、キリコが見つけた「抜け道」だったのである。その抜け道に知らないうちに人がつめかけていることに、キリコは嫌な気分がした。

「もしこの中に、私よりずっと才能がある人間がいて、私より早く『抜け道』から駆けていったらどうしよう」

キリコはあたりを見渡した。キリコと同じような年頃の男と女が、やや緊張して座っている。ボタンダウンのシャツを着た大学生もいたし、質素なスーツに身を包んだ、見るからに勤め人らしい女もいた。キリコはその中に交じっている自分を恥ずかしいと思った。百七十九の野心と、キリコの野心は全く同じなのである。これが恥ずかしくなくてなんであろう。

「この人たちと、絶対に仲よくなんかするものか」

キリコは思った。

「私と同じようなことを考えている人間なんて大嫌いだ」

キリコは自分の言葉がいかに矛盾《むじゅん》しているかよく知っている。けれども、そう考えなければ、息苦しくて彼女は窒息しそうなのである。もしかしたらそのホールで、いちばん大きな野心と期待をかかえていたのは、他ならぬキリコ自身なのかもしれない。

「早く授業が始まればいい」

キリコはいつのまにか、両手を固く結んでいた。

「そうしたら、みんな私の才能に怖れをなして、誰もコピーライターになりたいなんて思わなくなる。早くそんな日が来ればいい」

約一年半ぶりでキリコにわき起こった自信である。根拠が無いゆえに、盲信的に強い、彼女独得の自信である。しかし、いつもそれは極端なかたちであらわれて、キリコ自身を苦しめるのである。

「ちょっとキリちゃん、どういうことなの」

帰ろうとすると、理恵が目を吊り上げて怒っている。

「あなた、このごろ残業を平気ですっぽかして帰っちゃうじゃないの」

夜から授業がある日は、キリコはできるだけ早く診療所を出るようにしているのだ。

「時間ギリギリに来る患者さんだっていらっしゃるのよ。勝手な真似してもらっちゃ困るわ」

「だから言ったじゃない。火・木・土は、夜から英会話のレッスンがあるから、なるべく早く帰してくださいって。そのかわり、月曜とか金曜日は、いつも最後まで私が残っているわ」

理恵には、コピーライターの学校のことは言わず、英会話ということにしてある。

もしそんなことを言ったら、どれほど意地の悪いことをされるかキリコには予想がつくのだ。

「誰が残業して、誰が帰るかっていうことは、私かドクターが決めることだわ。こっちにも都合というものがあるんだから、自分でやられちゃたまらないわ」

理恵はネチネチと言葉を重ね始める。律子が辞めた後、理恵の機嫌の悪さは日常的になっているのだ。

「とにかく今日は帰ってもいいわ。後は私が何とかします」

理恵のわざとらしいため息を背に聞きながら、キリコはあわててエレベーターのボタンを押した。

理恵の不機嫌には、もうひとつ理由があるのだ。あれほど盛況を極めていた植毛診療所も、近ごろ目に見えて客が減っている。

「苦情続出！　植毛は本当にハゲの救世主なのか」

という記事が週刊誌に載《の》ったことも引き金になっていた。

「ドクターも今度は大変だぁー」

昨日も仕事中に、由紀江がそっとささやいてきた。

「この診療所だって、ものすごい借金でつくったのにね。一時期は儲かりすぎて恐いぐらいだったらしいけど、いいことってやっぱり長く続かないのねぇ」

「でも、ここがダメになっても、また元のお医者さんにもどればいいじゃない。借金なんてすぐに返せるでしょう」

「何言ってんのよ、あんた」

由紀江はさらに声を低くした。

「ドクターのとこに来る患者なんかいるもんですか。知らなかった？　あの人ってヤブ医者もヤブ医者。ほとんどアル中みたいなもんなんだから」

「ホントォ？　気づかなかった」

「あの人のそばに行くと、口が臭いでしょ。あれはお酒で内臓やられている証拠よ。以前のドクターの医院なんて、すごくボロくて人が寄りつかなかったんだって。そこでお酒を朝からくらっていたっていう噂よ。そこに目をつけたのが植毛協会本部ってわけ。なにしろここは医者がいないと認可されないからね。どんなヤブでもよかったのよ」

「でもここは、理恵のうちで経営してるんでしょう」

「私もよく知らないけれど、本部っていうのは開設する金は貸すけど、ロイヤリティもたっぷりとってるらしいわよ。どうなっちゃうんだろうね。あの親子」

キリコは思わずため息をもらした。

理恵のことは確かに嫌いだ。憎んでいるといってもいい。しかし、憎む相手はいつも自分より恵まれていて、そのさまざまな要素が不動のものであって欲しいと願うのは自分だけだろうか。理恵には、自分が生きている限り、「金持ちでわがままな医者の娘」を演じていてほしいとキリコは思う。だから、その後小さな声で、

「いい気味……」

とつぶやいた由紀江をキリコは軽蔑したのである。

とにかく、いまキリコがいちばん望んでいることは、理恵の姿が見えない場所に行きたいということであった。威張り続ける理恵も、落ちぶれた理恵もどちらも見たくない。もし本当に彼女と関わりのない世界に行けたら、その時こそ自分は勝利を手にすることができるはずなのだとキリコは思う。

「もう少しの辛棒《しんぼう》だわ」

キリコは大股で駅に向かって歩き始めた。学校だけは遅刻したくない。なぜならその頃彼女は名実共に、マスコミ専門学校での優等生になっていたのである。

キリコにとって、授業はこの上なくおもしろかった。広告の基礎知識などの講義と併行して、コピーコンテストというのが行われる。講師が課題となる商品を指定し、それについて生徒がコピーを書くという作業の中で、キリコは早くも注目されてい

た。これはと思われる作品は、次の週に印刷物となって全員に配付されるのであるが、キリコの書いたコピーは、最優秀賞としてたいていトップを飾っていた。時には講師に促《うなが》されて、皆の前で朗読することもある。その時の晴れがましさといったらなかった。

「しかめっつらをしながら、男はその日初めての楽しみを味わう」

新製品のシェーバーの雑誌広告という設定で、キリコがつくったヘッドコピーである。長文のボディコピーはこう続く。

「朝ごと自分の顔を確かめる。男だけの手ごたえ。剃《そ》る、マイルドに剃る。○○社だけの手ごたえ。しかし、どんなにいい髭剃《ひげそり》を手に入れても、男は女のように鏡の前に微笑んだりしない」

「うーん、テクニック的にはもう少し商品寄りに落としてほしいけれども、切り口はなかなかいいね」

有名な広告代理店の重役をしている男は言ったものだ。

もしかしたら、コピーライターになれるかもしれないという思いは、キリコの中に優しい余裕を生み出し、彼女はあれほど嫌っていた専門学校の生徒ともつき合うようになった。実際に親しんでみると、みんなそれぞれの鬱積《うっせき》を明るく転化させようとする、気持ちのいい若者ばかりである。

「森山さんは、やっぱ才能あるからさぁ、きっと就職大丈夫だよ」

こう言うのはまだ学生の西川クンである。彼は名前を言うと、相手が返事に困ってとまどうような三流大学の学生である。自分でもそのハンディをよく知っていて、普通の企業への就職をあきらめているようだ。そのかわり、クリエイターとしてどこかのプロダクションで腕をふるいたいというのが、目下の彼の夢であるらしい。

あとは「脱ＯＬ」を狙う涼子《りようこ》と香苗《かなえ》がいた。涼子は不動産会社、香苗は有名な商社に勤めている。キリコは香苗の勤務先を聞いた時に、驚いて彼女の顔をまじまじと見つめたものだ。

「どうして、コピーライターになろうなんて思うのよ。もったいないじゃない。あんな大企業のＯＬしていてさぁ。私なんか学生の頃、おたくの会社は高嶺《たかね》の花だったわ」

それは確かに真実だったけれども、半分はキリコのコピーライターに対する独占欲がその言葉を言わせているのだ。キリコはそっと香苗を見た。

高価そうな趣味のいいブラウスを着て、綺麗に髪をカールしている女。

「どうして、あちこちの人生のおいしそうなところを、ついばもうとするんだろう」

ほんの少し腹が立つ。

「だけどね」

香苗は言った。

「大企業っていったって、女がやることなんてきまっているんだから。お茶汲《く》みとコピー取りばっかりよ。やっぱり、なんか自分だけしかできないことをやってみたいじゃない」

「ふうーん、そんなものかねぇ」

キリコはもうひとつ釈然としない。もし自分が、香苗のような立場の女になったら、どれほど楽しいだろうかと思う。キラキラとしたガラス張りのオフィスで、たくさんのエリートたちに囲まれて仕事をするなどというのは、キリコがついに果たし得なかった夢である。もしそんな女になれたら、自分はコピーライターになろうなどと思わないに違いない。

同じ退屈でも、多少の装飾がある退屈なら、キリコは決して嫌ではないのだ。

「ところで、森山さんはもう就職のあてがあるの」

紅茶をすすりながら涼子が言った。名前どおりおとなし気な女だ。

「まだコピーライターにはなれないわよ。勉強を始めたばかりだし」

「でも、ここに何ヵ月かいれば、一応経験者ということで採用してくれるところもあるのよ」

「そうだよ。森山さんほどの力があれば、どこでも歓迎してくれるよ」

西川クンはしきりにキリコに就職をすすめる。

「なにしろ、森山さんは我ら十四期生の輝く星だもんな。先頭をきってどーんといいところへ就職してほしいよ」

「私なんかダメよ。どうも企業側に好かれないタイプだっていうことは、学校卒業した時に身にしみて感じてるもん」

「だけど、OLとコピーライターだったら、選ぶ基準がぜんぜん違うよ。コピーライターはなんといっても実力だもん、個性だもん。度胸試しに、一回どこかのプロダクションへ行ってごらんよ」

「そうよ、ちょっと行ってさぁ、どんな具合だったか私たちに教えてよ」

そんな仲間たちの励ましもあって、キリコはまず学生室を訪れることにした。ここには就職カードがあって、生徒たちは自由に閲覧《えつらん》することができる。その中で気に入った会社を見つけたら、担当者に正式に紹介してもらえばいい。

しかし、カードをめくっていたキリコは、だんだん気が滅入《めい》ってきた。五、六十枚あるカードの中で、女性のコピーライターを募集している会社はひとつもないのだ。

「森山キリコさんだね、あなたのことはよく噂に聞くよ。十四期生の中のピカイチだってね」

就職担当の男は、意外に人なつっこい笑顔を見せた。

「女の人の場合はむずかしいんだよ。どこも嫌うからね。特にあなたの場合は経験がゼロでしょう。会社は一から教えなきゃならないからシンドイんだよ。みんな即戦力が欲しいからね」

それでも親切に、男はカードを調べてくれた。

「女性の求人がぜんぜん無いって？　うーん、こりゃ、むずかしいな……あ、これどう。ほら、よく見てごらん。小さな字で男女共に可って書いてあるよ」

男は一枚のカードをキリコに手渡した。そこには、「広告プロダクション　ザ・フェイス」という名前が書かれてあった。

「『ザ・フェイス』っていうのは、ちょっと名前の知れたプロダクションだよ。ほら、日東デパートのポスターとかCMをつくっているとこ。象が踊っているCM見たことがあるだろう」

そう言えばキリコは思い出した。本物の象が出てきて、歌に合わせて体を動かす。

ただそれだけのコマーシャルなのだが、音楽も画面も非常にしゃれているのだ。

「えーッ、私があそこのプロダクションのコピーライターになれるかもしれないんですか。もしなれたら、私、死んでもいいわ」

「おい、おい。まだ死なれちゃ困るよ。まだなれるときまったわけじゃなし。競争率も高いと思うから油断しちゃいけないよ。こういうプロダクションは、入れたら本当にめっけもんと思うぐらいの気持ちでいなきゃ。わかったね」

「ハイ、頑張ります」

しかし、キリコはどんなことをしても、そのプロダクションに入ろうと決心していた。

自信はたっぷりと豊かにキリコの中にあったし、ささやかながら金の余裕もあった。

キリコはこれほど気持ちよく、可能性というものを迎え入れたことはなかった。

「君が森山キリコさんだね」

その野太い声の男は言った。

青山通りに面したビルの一室に「ザ・フェイス」のオフィスはある。壁に貼られたおびただしい数のポスターや、雑然としたデスクなど、すべてがキリコにはもの珍しい。もの珍しいというよりも、慕《したわ》しいといった方がいいかもしれない。紙クズであふれるようなゴミ箱や、床にころがるビールの空き缶さえも、すべてが非常に魅力的な活気に満ちているようにキリコには思われる。

目の前にいる男もそうだ。声が大きく、しかも早口なのだが、それさえもひどく心ひかれる。

「うーん、いいじゃない」

男はキリコの作品を読んでいる。例のコピーコンテストで入賞したものだ。

「わかった」

突然男は叫んだ。アート・ディレクターと名乗る戸田という男は、とにかく声が大きい。

「君にね、宿題を出そう。ほら、ここに百円ライターがあるだろ。これについて、金曜日までに五十本ヘッドコピーを書いてきなさい。それで君に来てもらうかどうかきめよう。いいね」

キリコは頷《うなず》いた。それにしても、五十本というのは大変な数である。一本一本が新しい角度で商品を見つめたものでなくてはならないし、戸田をうならせるようなフレーズも欲しい。とにかく、ひとつたりとも、駄作があってはならないのだ。

その日から、キリコの表情は険《けわ》しくなった。かたときも百円ライターのことが頭を離れないのだ。

「『小銭で買える大物ライター』……つまんないなぁ。『飽きたらば、捨てられたっていいんです。……』。これは絵がついてない限り、わかりづらいだろうなあ」

「やぁねぇ。さっきから何をぶつぶつ言ってるの」

由紀江が声をかけた。今日は雨のせいもあって、朝から客が一人もいない。彼女は指にていねいにマニキュアを塗り始めている。他の女の子たちも週刊誌を読んだり、五目並べをして時間をつぶしている。できることなら、キリコも原稿用紙をひろげてみたいのだが、理恵の目もあってそれはできそうもない。小さく折りたたんだメモ用紙を持ち、それに思い浮かんだフレーズを、いかにも落書きっぽく書き綴《つづ》るのがせいぜいである。

「『二万回の炎料金、百円です』。あ、これ悪くないんじゃないかな。でもあのライターって、本当に二万回もつくんだっけ。明日どこかに電話して聞いてみよう」

キリコは、これほど一生懸命になっている自分をとても嬉しいと思った。こんなにも激しくものを願い、それに向かって進もうとする自分を見るのは久しぶりだ。

キリコは、また律子の言葉を思い出していた。

「お金より、もっと大切なものがあるんじゃない。キリちゃん、私たち若いんだもん」

それはこういうことかもしれない。働きながら芝居を勉強している律子は、清冽《せいれつ》な欲望こそが、人間の生きる姿勢をどんなにしゃんとさせるかをからだ全体で知っていたのだ。今だからキリコはそう思う。

「あわわ、ヒマだから眠くなっちゃって……」

由紀江は塗りたての赤い爪を見せながら、小さなアクビをしている。

「よかった」

キリコは、メモ用紙に小さくこう書いた。

「何も得ようと思わなかったら、私もあんな女になっちゃうところだったわ」

待ち望んでいた電話は、それから半月後にかかってきた。

「おめでとう」

早口の男の声で、すぐに戸田とわかった。

「採用だよ。来月そうそうにでも勤め始めてくれたまえ」

キリコは、ほんの少し泣いたのである。

第六章　キリコ、修業時代に入る

表参道の駅を出たところで、キリコは大きく深呼吸した。

夏になりたての青山通りは、陽ざしがまぶしい。しゃれたショーウインドーも、自転車に乗る長い足の女も、みんな、まぶしい。

キリコは自分の過去が、すっぽりと切り離されたような気がした。

麗花のことも、幸ちゃんのお弁当も、黒い一本の人工毛も、すべてつかの間の夢だったような気がする。

自分は学校出たての二十二歳の娘で、卒業するやまっすぐに、この青山通りにやってきたようにキリコには思える。

「こういうのを幸福というのだろうか」

キリコは考えた。願い、努力し、それがかなえられたというのは、彼女にとって初めての体験なのである。

「コピーライターになったんだ」

キリコは通りをゆく人に、そう叫びたくなった。いかにもハイカラな、その職業の名前を口にすれば、自分も堂々とこの華やかな街を歩く権利をあたえられるような気がする。

実のことを言えば、キリコにとって青山はこれで六度めにすぎない。学生時代から、キリコはこういう場所にひどく臆病な感情をもっていて、めったに訪れたことがなかったのだ。

しかし、今日からはここがキリコの通勤路になるのである。毎日ここを歩くのである。

キリコはそれとなく、ショーウインドーに自分の姿を映した。精いっぱいのおしゃれをしてきたつもりだったが、細かい水玉の紺のワンピースはいかにも野暮ったい。

「コピーライターをしているように見えるかしら」

キリコは不安になる。雑誌などで知っている「マスコミの女」というのは、たいていパンツルックで、煙草を吸っているような気がするのだ。今度給料をもらったら、流行の服を買おう。煙草も癖にならない程度なら吸ってみよう。そんなことを思いながら、キリコは横断歩道をまっすぐにつっ切っていく。

「お早うございまぁす」

キリコは大きな声を出した。が、オフィスの中は深閑として物音ひとつしない。ドアのノブをガチャガチャと回してみた。

「朝の十時までに出社するように」

確かに戸田は言ったはずである。それなのに誰ひとり来ている様子はないのだ。仕方なくキリコはドアの前で待つことにした。新聞受けには、スポーツ紙がいくつかはさんである。手をのばしかけてキリコはためらった。

「よそのうちに行った時は、そこの主人が読むまで、絶対に新聞には手をつけてはいけませんよ。林芙美子っていう作家はね、女中をしている時にそれをやってクビにされたのよ」

田舎の母親の口癖を思い出したからである。

しかし、何としても退屈だ。それに今日からここはキリコの職場になるのだ。断じて「よそのうち」ではない。キリコは立ったまま「サンケイスポーツ」を読んだ。「報知」も読み終えた。昨夜《ゆうべ》の巨人・阪神戦で、長嶋監督が惨敗したことも知った。それでも誰もやってこない。時計は十時半をまわっている。

その時だ。キリコは近づいてくる足音を聞いた。低い歌声も聞いた。それはいま流《は》行《や》っている外国のヒットチャートだということはぼんやりとわかったが、何という題名だったかキリコには思い出せない。

廊下の角から現れたのは、見上げるような大男だ。背も高いが、横幅もがっしりしている。スポーツ選手のような体型だ。俳優がするような真黒なサングラスをしているが、それは男の高い鼻梁《びりょう》とよく似合っていた。

「あんた、誰?」

男は、報知新聞を手に持ってぼんやりと立っているキリコを、けげんそうに見つめた。

「わかった。東京写植の人だろう」

「いいえ、その—」

キリコは一瞬言葉につまった。このようなタイプの男と、これほど近くで話をするなどというのは、キリコにとって初めての出来事なのだ。おまけにそんなキリコを、男はからかうような笑いで見つめている。笑うと大きめの歯がこぼれて、彼をますます西洋の男のように見せる。

「私、森山キリコです。今日からここで働くことになった……」

やっとそれだけ言えた。

「ヒエーッ、君がそう。悪い、悪い。待たせたみたいだね」

男はまだ笑いながら、鍵《かぎ》をとり出してドアを開けた。コインのキーホルダーに、驚くほどたくさんの鍵がぶらさがっている。男が肩にひょいとかけたジャケットは、見たこともないような、光沢ある鉄の色だ。ついにキリコは聞いた。

「あのー、あなたはモデルさんなんですか」

「アッハハハ」

男はのけぞって笑った。喉《のど》ぼとけまでよく日に焼けている。

「オレかい。オレはここに勤めている、ＣＭディレクターの太田。ハハハ、戸田ちゃんには聞いていたけれど、本当におもしろいコだなぁ」

太田はドアを押さえて、キリコを先に通してくれた。こういう男のしぐさに慣れていないキリコは、さらに顔が赤くなる。

部屋の中に入ると、ムッとするような空気が顔にふれた。ゴミ箱には紙クズがあふれ、机の上にはビールの空き缶や、食べ残しのサンドウィッチが散乱している。

「昨夜も戸田ちゃんたち徹夜したらしいなぁ。きっと彼ら、来るのがお昼近くになると思うよ」

太田は言って、ソファに身を投げ出すように座った。

「コーヒーちょうだい。コーヒー」

「ハ、ハイ」

「台所に行けばわかるよ。早くして」

太田はぞんざいに命令しながら、ソファにぐったりと横たわった。はみ出た長い足は、無造作にクーラーの上に置かれている。

台所もひどいありさまだ。流しの中に、汚れたコーヒー茶碗や皿が山のように積まれている。ステンレスは錆《さび》がこびりついている。ヤカンのお湯が沸く間、キリコは腕まくりして、クレンザーで磨きはじめた。

この前面接に来た時には、確か女性の姿も見えたはずなのにといぶかしく思いながら、キリコはキュッキュッと音をたててタワシを動かした。ふと目をやると、目の前の棚に、いくつも「ゴキブリホイホイ」が置かれている。この汚なさでは、ゴキブリたちもさぞ住みごこちがいいだろう。キリコは皮肉まじりの好奇心から、その四角い紙箱をこわごわ開けてみた。池袋の自分のアパートで見なれているから、そうひどい抵抗はない。

その時だ。

「畜生——！」

という絶叫《ぜっきょう》が隣りの部屋から聞こえたのである。キリコは驚いて、すんでのところで「ホイホイ」をゴキブリごとスリッパの上に落とすところであった。

「畜生——、二日酔いだぜ。もっとゆっくり来りゃよかったよぉー！」

太田がソファの上で身をのけぞらせている。その姿は、なぜか再びキリコの顔をほてらせた。

「京子、元気ですか。返事がまたまた遅くなってごめんね。私はほれ、急に忙しいコピーライターという身分になったから、そうそうヒマなお前さんに手紙を書いていられないの。そこんとこ、よくわかってね。

もう、楽しくって、楽しくって、なにから話していいのかわからないわ。『ザ・フエイス』の人たちっていうのは、みんなすごくおもしろくってやさしい人たちばかりなの。みんなで『キリコ、キリコ』といって可愛がってくれます。仕事はまだお茶汲みとか、資料集めだけれども、早く一人前のコピーライターになれるように頑張ります。

ここの会社には、私以外に全部で八人のスタッフがいます。社長に、経理の女の人。この人はしょっちゅう休むので時々私が大忙しになることがあります。それからアート・ディレクターにデザイナー三人、私の上司のチーフコピーライター。それからCMディレクターの太田さん。この人は嘱託《しょくたく》で、テレビコマーシャル企画とか演出をしています。京子が見たら、めまいがしそうなぐらい、すっごいハンサムなんだから。キリコは、いつもこういうのと一緒に仕事をしているのじゃ。どーだ、うらやましいか、サンダル問屋の家つき娘め。ヒマになったら、また手紙を書いてやるから楽しみに待っていてね」


「キリコ、キリコ」

戸田のよぶ声がする。

日東デパートの年末キャンペーンの準備に追われて、「ザ・フェイス」は戦場のようである。毎晩のように「ブレーン・ストーミング」とよばれるアイデア会議が開かれ、徹夜でプレゼンテーション用のポスターなどがつくられる。プレゼンテーションというのは、スポンサーに見せるための「見本」だということも、キリコはすでに知っている。

キリコはまだコピーを書かせてもらえないのだが、仕事は山のようにある。皆にコーヒーを出し、すぐに取り出せるようにスクラップをつくる。写植屋やカメラマンのところへ届け物に行くのも、彼女の大切な仕事だ。その時も彼女は、写植屋に渡すために、チーフコピーライターの大津の原稿を清書しているところだった。

「キリコ、なにしているんだ、早く来い」

気の短かい戸田は、もう怒鳴り声を出している。キリコは鉛筆を置いて、急いでミーティング・ルームに走った。

「なんでしょうか」

部屋の中では、戸田と大津が煙草をくゆらしている。

「今度の日東デパートのキャンペーンだけどねえ、大津ちゃんが忙しいから、チラシの方は全部キミにまかせるよ」

キリコの頬があっと熱くなった。これはキリコの初仕事なのである。

「いつまでも雑用ばかりやっていたんじゃ、なかなか一人前になれないからね。明日でも大津ちゃんと一緒に日東の宣伝部に行って、いろいろと取材をして来なさい。あ、名刺はもうつくってあるね」

つくってあるどころではない。

「ザ・フェイス　コピーライター　森山キリコ」と刷られた名刺を、入社したての頃キリコは友人たちによく見せびらかしたものである。

「つくってくれたのはいいんだけど、ぜんぜん使う時がないの」

とキリコがため息をつくと、西川クンや香苗たちは、

「ちょうだい、ちょうだい。森山さんの初めての名刺、私たちがもらってあげる」

と手をのばしてきたものだ。それを、

「ダメ。最初の一枚はお仕事で会った人にあげるの」

とはねのけたキリコだ。嬉しさは口では言いあらわせない。

「じゃ、日東から帰ったらすぐに書き始めて、金曜日にはあげてくれるね。一日でも遅れたら大変なことになるんだからね。わかったかい」

戸田は例の大声で念をおした。

木曜日の深夜、厳密に言えば金曜日の未明、キリコは目を赤くしながらひとり原稿用紙に向かっていた。机の上には、すでに何十枚もの書き損じが積まれている。チラシといっても、デパートのそれは文字の量が多い。特に今回は新しく設置されたコーナーの説明が入るために、まるでカタログのようなつくりになっている。そのコピーをすでに四回、キリコは大津からつき返されているのだ。

「『この秋ご注目いただきたいのは、日東がパリから招いたデザイナー、ジャック・フロモン。彼がつくる洋服の色は、すごく赤がきれいで、フランスでは〝赤色の芸術家〟ともいわれたりします』……なんだ、こりゃ。お前、小学生の作文書いているんじゃないんだぜ」

大津はパチンとキリコの額をはじいた。

「すごく、とか、洋服とか、こういう言葉を使うなんて、いったいどういう神経しているんだよ。お前さんは」

戸田と違って、日頃温厚な大津が怒鳴ると凄《すご》みがある。

「何もコピーを書けとは言ってやしないんだぜ。きちんとした日本語を書けば、それですむことじゃないか。わかったか。わかったら明日の朝までにちゃんと書き直しとけ」

その〝明日〟は、もう目の前に来ようとしている。それなのにキリコは、全く埋まらない原稿用紙を前に、途方にくれているのだ。手に持った鉛筆は、彼女の嚙《か》んだ跡でまだらになっている。それをきりきりと嚙む度《たび》に、うらめしさがこみ上げてくる。

その感情は、大津に対してではなく、自分に向けられていくのだ。

「どうして、ちゃんとしたものが書けないのかしら。私の初仕事だっていうのに、これじゃ認めてもらうことができやしない」

キリコの計算ではこうだったのである。雑用で立ち働いているキリコが、ある日突然抜擢《ばってき》される。専門学校でトップだった彼女のことだから、皆が目を見張るようなコピーを書くはずだ。そして、

「よかったね。いいコが入って」

「こんなに才能のあるコはめったにいないよ」

と口々に賞《ほ》めそやされるはずだったのである。

ところが現実はどうだろう。ふてくされる大津に、戸田がとりなす場面がはっきりと思い出される。

「まあ、まあ、大津ちゃん。最初からうまくいくってことは無いんだからさ、長い目で見てよ」

「戸田ちゃんは自分が入れた責任があるからそう言うけどさ、彼女のめんどうをみなきゃならない僕の身の上にもなってくれよ。僕だって明日までにポスターを三本仕上げなけりゃならないんだぜ」

そういう会話を聞くのは、キリコには本当につらい。雑用だけをやっていれば、マスコットめいた存在でいられたのにと思う。コピーライターとして、頭数に入れられ

たとたん、たくさんの厳しさや責任がいっぺんに降りかかってきたようなのである。

「私、もしかしたらこの仕事に向いてないんじゃないかしら」

そんなことさえつぶやいてみた。つぶやきながら、キリコはこれを誰かに否定してもらいたくてたまらない自分に気づいていた。しかし、ここにはキリコの他は誰もいず、やや東の方が白みかけた、中途半端な闇が横たわっているだけだ。

やはり大津のいうとおり、キリコは甘ったれているのかもしれない。


午前五時、キリコは机の上にうつぶしたまま夢をみていた。

理恵がいる。それが特徴の腫《は》れぼったい目でキリコを睨《にら》みつけている。理恵はひどい近眼のくせに眼鏡をかけようとしない。だからあんなに目つきが悪いのだ。

「キリちゃん、あんたがこれほど自分勝手な人だとは思わなかったわ。よくも私をだましたわね。英会話の学校に行ってるなんて、まるっきりの嘘だったのね。恩知らず」

仕方ないんだもの。私はコピーライターになりたかったんだもん。あの黒い人工毛、消毒液のにおい。私はあれが大嫌いだった。あれから逃げ出したかったんだもの。私はもう帰らないよ。私は選ばれたんだよ。コピーライターになれたんだよ……。

「おい、おい」

誰かに肩をたたかれた。ゆっくりと目をあけて振り向く。そのとたん、キリコは心臓が止まるかと思うほど驚いた。なんと太田がそこに立っているではないか。

「太田さん、どうしたんですか！」

「たった今、そこの広尾スタジオで撮影が終ったとこさ。ちょっと取りに来るものがあったから寄ったんだ」

「あ……あ……コーヒー入れます……」

「いいよォ。そんなねぼけ顔で入れられちゃたまんないよォ。さっきスタッフと飲んできたばっかりだから、本当にいいぜ」

太田は、さもおかしそうにキリコを眺めている。自分と一緒にいる時、この男はいつも笑っているのだ。それはまるでもの珍しい動物を見ているようだとキリコは思う。

「ああ、私びっくりしちゃった。目の前に突然太田さんが現れるんですもの」

「オレの方がびっくりしたぜ。誰もいないと思ったのによ、キリコが一人、グーグー寝てるんだからな。こりゃ怪談かと思ったぜ」

寝ているところを太田に見られたかと思うと、キリコは恥ずかしさでからだが熱くなるようだ。照れ隠しに、キリコは話題をかえた。

「今日の撮影どうでした。うまくいったんですか」

「まああ……だね」

「今度のCMのモデルさん綺麗ですね。オーディションの時にチラッと見ただけだけど」

「アリスだろ。あいつは見かけはいいけど、アホで有名なんだ。誰にでもヤラせるんだぜ」

「わ、イヤらしい。でも太田さんはいい思いをした方じゃないんですか」

自分に似合わない軽口を言ったとキリコが思ったとたん、太田の表情にサッと影が過《よ》ぎった。

「オレか？　オレはもうモデルなんてまっぴらだよ」

吐き捨てるような太田の口調に、キリコは思いあたるものがある。いつだっただろうか、経理の里子《さとこ》がお昼を食べながらこんなことを教えてくれたのは。

「太田さんね、ちょっと前まで有名なファッションモデルと同棲していたのよ」

いかにもあり得そうなことだとキリコは思った。事実、彼女はよく太田への女からの電話を取りついでやっている。

三十歳は超えているといってもまだ十分若く、また十分すぎるほど魅力的である。そんな太田が女たちから騒がれないはずはないと思う。とにかくいずれにしても、この風采《ふうさい》のよすぎる男は、キリコにとって無縁の存在なのである。

「どう、仕事の方ははかどっているのかい」

不意に太田は聞いた。

「いいえ、私駄目なんです。昨日も大津さんにさんざん叱られたばっかり。コピーどころか正しい日本語になっていないって……」

「ふぅーん、どれどれ」

太田はキリコの原稿用紙をとり上げようとした。

「ワーッ、駄目、見ちゃ駄目です」

キリコはとっさに原稿用紙の上におおいかぶさった。嬌声《きょうせい》が暗い部屋の中に響いて、キリコは自分の声に赤くなった。そのひるんだ隙《すき》を逃さず、太田はすでに一枚を手にしている。

「ふーん、『誰もが装《よそお》いたくなる秋です。そんなあなたのために、素敵な一着をご用意しました』……なるほど、こりゃひどいわ」

「そんな言い方って無いと思いますけど。私だって一生懸命やっているんです」

キリコは目の奥が熱くなっているのを感じた。太田だけには、こんなことを言ってほしくなかったと思う。

「一生懸命やろうと、やるまいと、他人はそんなこと知ったことじゃないんだよ。特にこの世界は結果だけしか見てくれないんだよ。こんなコピーを書いているようじゃ、いつまでたっても大津ちゃんのお荷物のまんまだぜ」

「ひどいわ、ひどいと思います」

もう駄目だ。ついにいちばんめの涙が頬をつたわり始めた。

「私いま、自分が本当にこの仕事に合っているかどうか悩んでいるところなんです。悩みながらも書かなきゃいけないんです。だからそんなこと言わないでください」

「この秋の新製品をご紹介しましょう」

と書かれた原稿の上に、もういくつもの涙のシミができ始めた。

「本当に私、思ったりもするんです。自分がこの仕事に向いているかどうかって……」

この言葉は、さっき暗闇《くらやみ》に向けてキリコが発した質問だった。しかし、今それをキリコは太田にしている。その手ごたえは、彼女になんともいえないほどの甘い陶酔感をもたらした。キリコは必要以上に泣きじゃくっている自分に気づいていた。

しかし、男の前で泣くというのは、なんと気持ちがいいのだろうか。涙といっしょに、うっとりと何かが溶けていくような気がする。

「向いてる、向いていないっていうのはね、誰にも決められることじゃないんだ」

やや無器用に太田は言った。

「そんなことを言えば、オレだって本当にCMをつくるのが向いているのかどうか、わからないことがいっぱいあるぜ」

「そんな……。太田さん、このあいだも賞をもらったばっかりじゃないですか。あの、象が出てくるCM、私とっても好きです」

「ありがとよ」

太田はニヤッと笑った。

「とにかく、ま、カゼだけはひくなよ。自分で納得いくものができあがったら、うちに帰って寝ろよな」

そう言いながら太田は立ち上がり、ひらりと白いジャンパーをはおった。彼はいつも流行のものを隙なく着こなしている。それがキリコが太田から距離をおくひとつの理由だった。あまりにもおしゃれな男に対して、キリコはいつも本能的な恐怖感をも

トを書かせてもらうとか、何かを任せてもらうとかいうのはキリコが想像していたよりずっと時間がかかることのようだ……。

ってしまうのだ。

「じゃーな。女の子が机の上で、あんまりいねむりなんかするなよ」

太田はドアのところで軽く手を上げた。廊下からの逆光が均整のとれたシルエットをつくっている。キリコはふと昔見た探偵映画を思い出した。

太田の遠ざかる足音をかすかに聞きながら、キリコは原稿用紙にこんな言葉を書きつけてみた。

「秋になると、女たちは名探偵になるのです。早くいらっしゃい。おしゃれな事件が待っていますよ」

鉛筆を走らせながら、キリコは突然「あっ」と叫んだ。

太田はいったい何のためにここにやってきたのだろうか。帰る時に、彼は何も持っていなかったはずだ。

「もしかしたら――」

キリコは自分の考えをあわてて打ち消した。

太田のような男が、キリコの人生と触れ合うはずがないのだ。職場の先輩という、ほんの偶然から、たまたま今のような時間をもったにすぎないのだ。

とはいうものの、太田に憧れている他のたくさんの女たち、モデルとかスタイリストとかいった類《たぐい》の女たちからしてみれば、それは大変な幸福に違いない。

いつか聞いた、

「太田さん、いるんでしょう。お願いしますから彼を出してください」

というせっぱ詰まった電話の女をキリコは思い出していた。

美しい女たちに優越感をもつのも、男の前で泣くのも、キリコはその日初めて経験した。

第七章　キリコ、世間を知る、男を知る

太田が自分のことを愛している。

そんなことを思うのは間違っているとキリコは思う。なぜなら、彼が自分を愛する理由などはひとつもないのだから。

キリコは美しい娘ではなかった。この世界によくいるセンスのある娘でもなかった。それどころか、田舎じみていて、不細工な様子をしていると、多くの人は指摘したものである。

「へぇーっ、あれが今度入った新しいコピーライター？　カッコよさで売り物の『ザ・フェイス』が、よくあんなカッペを入れたものね」

コーヒーを運ぼうとして、キリコはスタイリストの女の、こんな陰口を聞いてしまったことさえある。

だから、太田が自分など愛するはずがないのだ。

キリコ自身が思うぐらいだから、太田も同じことを考えているに違いない。だから彼はあんなに苛立《いらだ》っているのだ。キリコを愛する理由など、なにひとつないのに、彼はキリコを愛してしまったからである。

この結論は、非常に注意深くキリコの中で出された。何度打ち消しても、やはりこの答えにたどりつくのである。

最初の頃、キリコは自分のことを、何と自惚《うぬぼれ》の強い女だろうと叱りつけていたものだ。京子にさえ言わなかった。しかし徐々に、キリコの手元には、確信のための材料は集められていったのだ。

太田のデスクは、キリコの真向いにある。時々キリコは、太田の刺すような視線を感じる時があるのだ。それは彼女を静かに観察している目であった。からかいや、男がヒマな時によくする、原始的な欲望がからんだ視線ではない。真摯《しんし》なひたむきさがあった。

キリコはその時、太田のため息を聞くような気がする。それは、

「あーあ、オレとしたことがなんでこんな女を好きになっちゃったんだろうか」

というため息なのである。

このようにキリコは、太田の心の中が手にとるようにわかる。なぜなら、キリコも

また太田を愛しているからなのだ。

彼と同じようにキリコにも、太田を愛する理由などない。彼の女癖の悪さはあまりにも有名だったし、自信たっぷりで派手な仕事のやり方は、仲間うちでも評判がいいとは言えなかった。そんなことより、キリコが彼に対して顔をそむけたのは、太田は自分の美しさをよく知っている男だということだ。首にさりげなく巻かれたマフラー、ハッとするようなチーフの配色、長い足をつつむイタリア製のパンツ。

「男のモデルなんていらないじゃない。太田ちゃんがすればいいじゃない」

打ち合わせの時などに、スタイリストの女が、半ば冗談ともつかぬ口調で言う時がある。

すると太田は、さも得意そうに歯を見せてこう笑うのだ。

「ま、昔からよく言われたけどね。実際学生の頃に、ちょっとバイトしてたこともあるんだ」

つまり太田は、キリコが最も忌《い》み嫌う世界の人間なのである。

キリコは太田に魅《ひ》かれながらも、どうしてこう自分が冷静になれるのかを考えていた。それは簡単だ。キリコは太田を絶対に愛さないと心に決めたからなのだ。キリコは女の本能的な手法で、男への思いを無邪気さに転化するコツを身につけていた。太田に甘え、太田を職場の先輩として尊敬しているふりを続けることは、そうむずかしいことではない。それを続ける限り、キリコは太田よりはるかに優位に立てるのである。

それにひきかえ、太田の混乱ぶりはキリコに憐憫《れんびん》の情を起こさせるのに十分なほどだった。

あきらかに太田は、嫉妬をしていた。戸田とか大津とかいったキリコの囲りにいる男たちもその対象となった。

昨夜のことだ。いつものようにみなの夜食の手配をしているキリコを、戸田がからかい始めた。疲れると彼は、いつもキリコをしつこいほどかまう。

「キリコ、この頃またお前太ったんじゃない」

「そうですかぁ、これでもすごく気をつけているんですけど」

「もう太股のとこなんかはちきれそうじゃない。ジーパン、破れないように気をつけてね」

そう言いながら、戸田はやおら手を出してキリコの尻を撫《な》でた。

「キャーッ、やめてください。戸田さんったらッ！」

キリコは派手な声をあげて、デスクの間を逃げまわった。いつもよくする悪ふざけだった。

その時だ。絵コンテを描いていた太田が、スタンドの下からゆっくりと顔を上げたのだ。

「うるせえな」

彼は怒鳴った。

「こっちは仕事してるんだぜ。そんなにホステスみたいな声をたてるんじゃない！」

みんなはあっけにとられたように顔を見合わせた。なぜなら、つい最近までキリコをいちばん追いまわし、プロレスごっこと称して彼女を羽がいじめにしていたのは太田自身であったからである。

次に太田にあらわれた徴候は、キリコを攻撃するということだった。

「だめ、だめ、こんなコピーを書いて。男っていうものがぜんぜん表現されていないじゃないか」

大津が言った。日東デパートの紳士服の雑誌広告である。今月からその仕事はキリコの担当となったのだが、そのたびに罵声《ばせい》がとぶのだ。

「仕方ないでしょ。キリコちゃんはヴァージンなんだから」

戸田がニヤニヤしながら口をはさんできた。キリコが全く男性を知らないということとは、よく彼らのからかいのタネとなった。

「そうだよ。キリコ、一回ぐらい男とヤラなきゃ駄目だよ。もうトシなんだから、ふさがっちゃうよ」

「ヘンなこと言わないでください。私、お嫁に行くまで大切に守りぬくんですから」

キリコは口をとがらした。こんな時にできるだけムキになった方が彼らが喜ぶということを、すでにキリコはよく知っていた。

「冗談じゃねえよ」

太田の声だ。振り向くと彼はいかにも腹立たしそうに顔をゆがめている。それは苦痛をこらえているようにもキリコには見えた。

「だいたいよ、いいトシこいて男を知らないような女なんて最低だぜ。早くヤッちまえば、お前さんも少しはマシな女になれるぜ」

その時、キリコは急に意地の悪い感情がわき起こってきた。それは最近知り始めた男をいたぶることの楽しさなのである。

「それじゃあ、太田さん、お相手していただけますか」

不意をつかれて太田は絶句した。それはキリコが十分予想したものだった。

「へんなこと言うなよ」

太田はやっと態勢をもち直した。

「そんなもん、男なんかいくらでもいるじゃないか。六本木でもウロウロしてこい。誰でもタダでやってくれるぜ」

彼はキリコを見すえた。その目の奥に憎悪が光っていると彼女は思った。それは無関係の女には決して持たない憎悪である。

「お前みたいな女、やってくれる男がいたら、儲《もう》けもんってもんじゃないか」

キリコはこの時、あの確信をもったのである。


「ねぇキリちゃん、最近太田さんってイライラしていると思わない」

スパゲティをすすりながら里子が言った。真昼の青山通りは、車だけがいやに目につく。経理を担当しているこの女は、かなりの噂好きで、いつもさまざまな情報をもたらしてくれる。さっきも二人がいるレストランの前を、急ぎ足で社長が通りすぎた時、すばやくキリコにささやいたものだ。

「知ってる？　社長と今度の女、もう別れることになったんだから」

単純で気のいい女なのだが、どうも口が軽すぎる。だからキリコは用心しいしいこんなふうにかわしたのだ。

「そう？　太田さん最近仕事が忙しいからじゃない。私はぜんぜん気づかないけどなあ」

「私ね」

里子は突然言った。

「太田さんとキリちゃん、結婚するんじゃないかと思う」

キリコは食べていた熱いグラタンに思わずむせそうになった。「好きみたい」とか、「気に入っているみたい」をいきなり通りこして、「結婚するみたい」を口にする彼女に、キリコはあっけにとられた。

「どうしてそんなことを思いついたのよ」

自分の心を見透《みす》かされているのではないかという思いが、キリコの口調を荒くした。

「だって太田さん、キリちゃんのことをすごく大切に思っているの、見ていてわかるもん」

そのとたん、とまどいと弾《はず》むような気持ちがキリコを包んだ。里子は無邪気に話を続ける。

「それにさ、太田さんずうっと独身でしょう。あの人ものすごくモテるのよ。私が知っているだけでも、お熱をあげている人がいっぱいいるわ」

「だからさ、あの人が私を相手にするはずないじゃない」

「違うのよ。あの人っていうのは頭のいい女、すっごく綺麗な女、いっぱい知ってるはずよ。だけど三十すぎてもやっぱり結婚しなかった。キリちゃんっていうのは、言ってみればまっ白な女の子でしょ。太田さんにとってびっくりするぐらい新鮮だったみたい。キリちゃんに魅かれているの、傍目《はため》から見ていてわかるもの」

キリコは自分の顔が輝いているのがわかった。里子に見透かされるかもしれないと思っても、唇がほころんでくる。

キリコが長い間考えていたことを、里子は実に単純な言葉で表現したのだった。

「太田と自分が結婚するかもしれない」

それを思いうかべたことがないといったら嘘になる。しかしそれはキリコの中で、空想のもうひとつ前の「妄想」という名前をつけられ、キリコ自身にたしなめられていた。しかしその時、キリコはそれにもっと気恥ずかしい「運命」という名をつけてもいいと思ったのである。

「ライト、もうちょっと右……。はい、ＯＫ」

スタジオの中では、黒いビーズの衣裳《いしょう》をつけた五人のモデルが、ポーズをつけたままで立っている。

日東デパートの年末キャンペーンのCM撮《ど》りが行なわれているのだ。テレビCMのコピーは大津の仕事なのだが、キリコも雑用をいいつけられてスタジオの隅《すみ》に待機していた。

太田はカメラの真後ろに立っている。だから、キリコは堂々と彼を見つめることができる。今日の太田は黒いセーターにジーンズというきびきび動ける服装だ。ライトマンやモデルに指図をしている太田の横顔は、あくまで厳しいが、時折例の大きな歯を見せて笑うことがある。

「ちょっとさ、スージーの顔に影ができちゃうんだけど。そ、そう。マーシャがもうちょっと前に出てきて。そう、OK、サンキュー、マーシャ」

太田は不意に振り向いた。視線はまっすぐキリコを見ている。それはこの情況の中、いかにも不必要な視線だった。自分をひょいと誇示する、少年のような行為だった。

太田と自分は、山中ではち合わせした二匹の小動物のようだとキリコは思った。

互いに相手の様子をじっとうかがい、もしどちらかが先に行動を起こしておどりかかったりしようものなら、即座に安全なところに逃げかえり、囃《はや》し立てようと身構えている小動物。

「負けるもんか」

あの高慢ちきな男の鼻を、へし折ってやるのだとキリコは思った。太田の方がはるかに自分のことを愛しているのだ。だから彼が先にキリコにひざまずき、求愛すべきなのだ。

「私は絶対に行動を起こさないわ。絶対に、絶対に——」

しかしキリコのこの自信は、太田を見つめているうちに何度も揺らぐ。

「太田ちゃん、ビデオ見てどう思った？」

太田に寄りそうように立っているのは、スタイリストの大町《おおまち》美代だ。美大出のアメリカ帰りというのが売り物で、よく雑誌のグラビアにも登場する、ちょっとした業界の有名人である。

「知ってた？　うちによく出入りする大町さん、少し前までは太田さんとつき合っていたのよ」

以前里子が話してくれたことがある。

白いパンツに、白いモヘアのセーターという美代はすらりと背が高い。腰のへんに赤いセーターをさりげなく巻いているのも、キリコにはとうてい真似することができない着こなしだ。英語ができる美代は、五人の外国人モデルの通訳もしている。太田が彼女になにか告げると、つかつかとモデルに近寄っていく。そのたびに腰の赤いセーターが揺れるのだ。

「ああいうのが、里子のいう頭のいい女、すっごく綺麗な女というものかもしれない」

レストランでの彼女の言葉が、急に重たいものとなってキリコにのしかかってきた。あれはよく思い起こしてみると、キリコが頭もよくなく、美しくもないことをはっきりと指摘しているのではないだろうか。

モデルの女が肩をすくめて、美代に何かを喋べり始めた。

「カトリーヌがねぇ、こんなにお酒ばっかり飲んで、本番の時に大丈夫か、だって」

美代の言葉に、スタジオ中の人間が笑い声をたてた。もちろん、これは外国人独特のジョークなのだ。先ほどからモデルの女たちは、リハーサルで何杯もカクテルに似せた赤いジュースを飲まされている。その皮肉も混じっているのだ。

「カトリーヌ、心配しないで大丈夫。それより君のステップの方を注意してくれよ」

太田は大きなよく透《とお》る声でいった。

女たち五人は、腰をふるセクシーな踊りでバーのカウンターに座る。そしていっせいにカクテルを飲み干す。そのとたん、陽気な恍惚《こうこつ》じみた表情になって、口々に「グッド・バイ一九七九《セブンティ・ナイン》」を叫ぶのだ。この場面がＣＭに仕上がる時は、大津のつくったコピーのナレーションが入るはずである。

本番までに何度もライトの位置が直され、イタリア風のバーの小道具がチェックされた。

「さあ、いってみよう。年末パーティーに出かけるいい女たちが、バーにちょっと寄ってカクテルをひっかけるんだ。うんとセクシーに、可愛くやってくれよ」

太田の言葉を、やや早口の英語で美代が喋べる。

「私は嫌いだ。ああいうタイプの女。いくらでもこの世界にころがってそうな女じゃない」

そう思わなければ、今のキリコは嫉妬のあまり、このスタジオをとび出してしまいそうだ。しかし、どう彼女のことを悪く言おうと、美代と太田が共通の世界に住んでいることをキリコは認めざるを得ない。寄りそってセットを眺めている二人は、申し合わせたように黒と白の服装である。それがキリコには恋人たちを連想させる。

「やはりあの人には美代のようなのが似合いなのだ。私なんかやはり不釣合いなんだ」

キリコは一時間前とは全く違うことを考えていた。混乱しているのが自分でもわかる。

そうして自分の心をこれほどまでさまざまに動かす太田に、キリコは怒りにも似た感情さえ抱いてしまうのだ。

やがて音楽が鳴り出し、カメラが回り始めた。女たちが振りつけどおり、軽やかに踊り始める。ポップなリズムにのって、女たちはカウンターに肘《ひじ》をつく。愛らしいしぐさだ。ワンテンポおき、女たちは喉をそらしてグラスの赤い液体を飲み干した。

そのとたん、思いがけないことが起こった。女たちの頬が、さっと薔薇《ばら》色に染まったのだ。彼女たちは実にいい表情でカメラに向かって笑いかけた。

ジュースがいつのまにか酒にすり替えられていたのである。スタジオの中に、小さなざわめきが起こった。もちろん、ディレクターの太田のしわざである。キリコはすばやく彼の方へ視線を走らせた。太田は美代と顔を見合わせて笑っている。

キリコはその時はっきりとした憎しみを、この共犯者たちに感じた。

「いやぁー、太田ちゃん、ぐっとやろうよ、ぐっと。今日のフィルムもいい出来じゃない」

戸田がジャケットを腕までまくりあげて、いつものダミ声でわめいている。

ビールが何本も抜かれ、一本の極上のシャンパンさえあけられた。今日の撮影を最後に、日東デパートのキャンペーンは、ほとんど完了したのである。六本木のスナックは、たちまち「ザ・フェイス」の無礼講の場となった。

「いやー、あんまり飲ませないでよ。明日からは編集で、徹夜につぐ徹夜なんだから」

そう言いながらも太田は、早いピッチでグラスをあけている。彼の酒の強さは社内でも一、二を争うのだ。

キリコは新しく水割をつくり始め、グラスをまっ先に太田の前に置いた。こんな気配りをする自分を、ほんの少し悲しいと思う。さっきのスタジオの件以来、なんとはなしに太田に媚《こ》びている自分にキリコは気づいている。

「やだーッ、小田さんたらホントにしつこいんだからぁー」

美代が驚くほどかん高い声を出した。デザイナーの小田がもうすでに酔いがまわって、彼女の首に腕をからめている。

「美代ちゃん、な、美代ちゃん。最近オレに冷たいじゃない。どうして急に冷たくするんだよ」

「仕方ないでしょ、小田さんは私に仕事をくれないんですもん」

どっと哄笑《こうしょう》がわき起こった。

「ゴメン、本当に美代ちゃんゴメン。オレ、もう本当に反省しちゃった。これからいっぱい美代ちゃんにお仕事あげちゃう。美代ちゃんのためならなんでもしちゃう。だからさ、ね、ね、一回だけ、オレとホテル行こ」

「ダーメ、私はねぇ、奥さんがいる人にはぜーんぜん興味ないの」

美代は小田を軽くいなしながら、それでも腕をふりほどこうともせず、平然と煙草を吸っている。あの赤いセーターはここでは肩に巻かれ、薄暗い店の中で鮮やかに浮かびあがっている。

キリコは、こんなふうに振るまえる美代を一瞬羨望《せんぼう》のまなざしで見つめた。確かにキリコが軽蔑する側の女なのであるが、魅力的であるのは確かだ。

「ねーっ、美代ちゃん、いっぺんだけさあ、いいじゃない」

小田は信じられないほどのしつこさで美代に迫っている。もうこれは美代と二人だけの遊びなのだ。

「ダメっていったらダメよ。私、ここんとこずうーっと処女なんだから」

「へえー、美代ちゃんが処女。じゃ、うちのキリコと同じじゃないか。うちのキリコは美代ちゃんと違って、生まれてからこのかたずっと処女なんだよ。かわいそうなんだよ」

小田はとろんと酔った目をキリコに向けた。

「やめてください」

キリコは叫んだ。いつもの悪気のないからかいだということはよくわかるが、美代の前でだけはそんなふうに言ってもらいたくはない。

「そんなに怒らないの。キリちゃん、お兄ちゃんがキスをしてあげるからね」

小田はふらふらとキリコに近寄ってきた。

「やめてくださぁい。ヤダーッ、小田さんのエッチ！」

酔っているにもかかわらず、小田の腕は力強かった。たちまちキリコはソファに押し倒され、生暖かい唇が頬にふれた。

「ヤダーッ、ヤダーッ」

キリコは自分の声が、さっきの美代の声とそっくり同じだと思った。

しかも、意外なことにキリコは小田の行為が少しも嫌ではなかったのだ。いっときにせよ、一座の関心が自分に移ったことの心地よさもあった。それよりも男に、たわむれにせよ抱かれることの快感を、キリコははっきりと自覚したのだ。

キリコは太田を盗み見た。ウイスキーグラスを片手に持った彼は、キリコが秘かに期待していた、嫉妬の表情を全くうかべてはいない。笑いながら小田の酔態を眺めている。

「あーあ、小田さんって本当に嫌らしいんだから。私、アルコールで消毒しちゃおーっと」

キリコは、やっとソファに身を起こしてウイスキーのグラスを一気にあおった。争った拍子に髪が乱れ、ニットの衿《えり》が曲がったままなのもちゃんと知っている。そしてそのままで酒を飲む自分の姿が、どんなに蓮《はす》っ葉《ぱ》に見えるかもわかる。しかしキリコは、そんな自分にかすかに満足していた。なぜならあの美代に、どこかが似ているような気がするからだ。

「オレ、明日早いから、お先に失礼するわ」

太田がそう言って席をたったのは、午前一時をまわった頃だとキリコは記憶している。

あの時のキリコはかなり酔っていたに違いない。なぜなら、

「じゃ、私も出ます」

と言って、すぐに太田の後を追ったのである。小田や戸田たちはとろんとした目で、二人が出ていったことを気にとめるふうでもない。美代でさえ、大津と顔を寄せ合って何やら熱心に話し込んでいる。

真夜中の六本木は、東京中の人と車がいっぺんに流れ込んだようで、キリコは太田の後を追いながら何人も人にぶつかった。彼はキリコに背を向けながら、大股で人の間を縫って歩いている。不思議なことに、彼は人にぶつかるどころか、肩がふれ合うことさえない。

「太田さん、待ってくださぁーい」

やっと交差点のところで追いついた。

太田はキリコを振りかえって見た。静かな目だ。悲しそうだといってもいいくらいだ。

キリコは太田がほとんど酔っていないのではないかと思った。

「一緒に店を出ようとしたのに、どうしてそんなにさっさと行っちゃうんですか」

小走りで急いだため、まだ息が荒い。胸を波打たせながら喋べると、なんとひたむきな口調になるのだろう。

「君は――」

それには答えずに、太田は言った。

「君はどうしてあんな時に怒らないんだ」

「エッ」

キリコには意味がよくわからない。

「小田のことだよ。さっきあんなに悪ふざけをされたのに、どうしてちゃんと怒らないんだ」

キリコは息を吞んだ。太田はあきらかに嫉妬しているのだ。とっさにキリコは自分を正当化しようとした。

「だって、小田さんにはいつもお世話になっているし……。私、ああいう時にどうしてもきつい言い方できないんです」

「君は他人に気をつかいすぎるんだよ。いつだってそうじゃないか。戸田とかにいいようにおもちゃにされて、それでもニコニコしてるんだからな。信じられないよ」

太田は自分のことを、あまりにもかい被《かぶ》っているとキリコは思った。そしてそれはあきらかに、恋をする人間の特徴なのである。

「見ろよ。髪がベタベタじゃないか」

不意に太田はキリコの髪にふれた。キリコは赤くなって身をひいた。なんだか今夜は、信じられないようなことばかり続く。

「さっき小田にビールをひっかけられたんだぜ」

とっさに前髪に手をやると、確かにじっとりと濡れている。今まで気づかなかったが、小田の持っていたビールが、ふざけたすきにあおむけになったキリコの上にこぼれたらしい。

「ダメじゃないか。女の子が酒で汚れたままで、平気で街を歩くなんて。うちに来て、ちゃんとシャワーを浴びてから帰りなさい。君のところは風呂がないんだろう」

「はい」

今夜の太田は、まるで先生のようだとキリコは思った。こんなふうに叱られ、こんなふうに命令口調でいわれるのは久しぶりだ。自分がみるみるうちに素直になっていくのがわかる。キリコはごく自然に、腕を太田の腕にからめた。太田もふりほどこうとはしない。セーターを通して伝わってくる彼の体温は酒のためか少し熱く、それはキリコを泣きたくなるほどやさしい気持ちにさせた。

「そう、こんなふうでいいんだわ。私は」

太田との「恋愛」とか「結婚」などという言葉が、すばやく遠ざかっていくのを感じる。「思慕」——それが自分にいちばん似合っているのだ。考えてみれば、一度だって男に興味をもたれたり、愛されたりしたことがない自分ではないか。それなのに、どうしてああたくさんのものを望んだのだろうか。

太田の歩調がゆっくりとなって、自分に合わせてくれているのがわかる。腕のぬくもりは、さらにあたたかさを増した。

気張らず、背伸びをしなければ、このように幸福な時間が自分にもあたえられるのだとその時のキリコは思った。


タクシーの中のことを、キリコはよく憶えていない。ただ、車に乗るために腕をほどかなければならなくなって、ちょっとさびしかったこと。そのかわり、太田が自分の手を握ってくれて嬉しかったことなどを、ぼんやりと思いうかべることができる。

太田のマンションは墓地の隣りにあった。目黒という都心とは信じられないほど、深い闇が続いている。

「墓場の隣りだから、家賃も安くていいぜ」

車を降りる時、太田はちょっと照れくさそうに言った。それが六本木で腕をとりあってから、太田が初めて口にした言葉だった。

太田の部屋が広かったか、狭かったか、どんな家具が置いてあったかも、キリコはほとんど思い出すことができない。ただ、キリコが今でもはっきり憶えているのは、太田の飯茶碗と箸《はし》だ。

それは玄関を入ってすぐの、キッチンの流しの中にあった。水を張られた、洗い桶《おけ》の中に、ゆらゆらと横たわっていた黒い塗り箸は、確かにキリコの知らない太田であった。最新流行の服をまとい、黒いサングラスが似合う男にも、箸を使い、それを一人で洗う人生があるということを、キリコはその時初めて理解したのだった。

「太田さんって、自分でご飯つくるんですね」

キリコは笑いながら彼を見上げた。太田は答えようとしない。ステンレスの流しの横で静かな表情をしてただ立っている。台所の蛍光灯《けいこうとう》が彼を青白く見せて、とても疲れているようだとキリコは思った。

「そんなことはいいんだ」

ややあって、彼は怒ったように言った。

突然、キリコは抱きすくめられた。太田の唇が、キリコの唇を探して、一瞬鼻の上をかすった。そしてぴったりと重ねられた。

太田の唇は乾いているのに、舌はぬるぬるとやわらかい。舌はキリコの内部で何度か回転した。それは彼女に、太田と触れ合った何人もの女を想像させた。

「こっちへおいで」

太田はややかすれたような声で言って、キリコを隣りの部屋にうながした。

薄暗がりの中に、白いベッドとたくさんの本が見える。

部屋は暗く、冷え冷えとしていた。しかし、そこに足を踏み入れることに、キリコはなんの躊躇《ちゅうちょ》もなかったのである。

キリコは太田ともつれ合いながら、ベッドに横たわった。押し倒されたのではない。彼女は自分のベッドに毎夜そうするように横たわったのだ。

太田はキリコに覆《おお》いかぶさってきた。再び舌は、キリコの少しおじけて、歯の裏側にしがみついた舌を求めて苛立ってきた。

「キスって、こんなに舌を使うものなのかしら」

キリコは思い、初めての経験なのにこれほど落ちついている自分に驚いていた。

「セーターを脱ぎなさい」

太田は言った。命じながらも彼の手はすでに、キリコの黄色のセーターを胸のあたりまでひき上げている。

この時初めてキリコは狼狽した。彼女が考えていた以上のことを、太田は考えているらしい。しかし、キリコの背は自然と浮き上がっていた。セーターを脱がせやすいように、手を胎児のようにちぢめた。

この時、キリコは自分が何を欲していたか、全身で悟ったのである。「思慕」などという言葉でごまかそうとしていたけれども、キリコが一番欲しかったのは、まぎれもなく太田とのこういう行為だったのだ。

キリコの手は最初はおずおずと、最後には強く太田の首にからみついた。舌も反応を始めた。

なにか大きなものが、自分の中で動いているのを感じる。しかしそれに逆《さか》らう気概も、意地も、その時のキリコからは消えうせていた。

太田の指はせわしないというほどではなかったが、ある一定のスピード感をもって、キリコの胸の上でしばらく動いた。突然冷たい空気が触れた。キリコは自分の胸が下着もとられて、すっかりむき出しにされていることに気づいた。

薄く目をあける。あおむけになっているから、幼女のように水平になった自分の胸と、太田の髪が見える。太田とキリコの視線ははっきりとずれていて、それは彼女をほんの少し安心させた。

次の瞬間、太田の固い髪と唇が同時に落下してきた。唇を押しあてながら、太田はキリコの乳房をすくいあげるように真中に寄せた。自分の胸がたちまち幼女から、成熟した女のそれに変化するのがわかる。太田は音をたてて、キリコの乳房を吸った。それはむしゃぶりつくといった表現がぴったりだった。

キリコは感動していた。太田が自分のからだに、これほど熱心な感情をもつなどということは考えもしなかったのだ。ところがその謙虚な思いは、彼女の中で長続きしなかった。深い満足感は、突如激しい勝利感に変化したのだった。

「バカな人」

キリコは口には出さずつぶやいた。

「こうなることはわかってたんだから！　もっと早く言い出せばよかったのに！」

キリコは太田の髪を撫でた。固い。さすように固い髪。キリコは自分が母親のような感情を持ったのに気づいた。同時に、わずかではあるが、今の瞬間、自分が太田を軽く見ていることにも気づいた。

自分に夢中になっている男に対して女が抱く傲慢な感情を、早くもキリコは持ってしまったのである。初めての経験でだ。そしてそれがひとときの錯覚であり、さまざまな屈折した思いの裏返しであったことを、ずっと後になってキリコは知った。

キリコの勝利感が打ち破られたのは、太田の指先がキリコのジーンズにかかった時である。羞恥《しゅうち》よりも、彼女は自分の立場が弱くなることを怖れてその手を払いのけた。なぜならその日のキリコは、洗いざらしのややくたびれた下着を身につけていたからだった。

「前もって教えておいてくれたら、いちばんいいのをはいてきたのに」

キリコは口惜しかった。頭の片すみのすっぽりと醒《さ》めた部分で、キリコは自分の引き出しの中身を反芻していた。フリルのいっぱいついた白い愛らしいもの。バラの模様が入ったもの。白と黒のストライプ。それはある予感に誘われて、女の子がよく衝動的に買い求める類《たぐい》の下着であった。それらをおかしな吝嗇《りんしょく》さから一度も身につけない自分の習癖がつくづく悔やまれる。

「やめて、やめてください」

キリコは気弱く叫んだ。

しかし太田は乱暴ともいえる素早さで、いっきに膝まで下ろした。下着もいっしょにである。

次に大きく両足が広げられた。その方が、あの白い木綿のショーツを見られるより、ずっと恥ずかしさは少ないような気がする。だからキリコは、自分から足を閉じようとはしなかった。もちろん期待もあった。

しかしどうしたのであろう。太田の手はしばらく沈黙したままなのだ。キリコは再び薄目をあけた。暗がりの中で、太田がひざまずいているのが見える。自分をじっと観察しているのだ。

その瞬間、キリコは太田に対して憤《いきどお》りがわきあがってくるのを感じた。観察するということは、夢中になっていないということなのだ。太田は我を忘れているようなふりをして、その実キリコを見つめていたのに違いないのだ。とっさにキリコは仕返しを考えた。懲《こ》らしめなければいけないと思った。それは初体験のベッドの中にいる女にしては、あまりにも不似合いな感情だったかもしれない。しかし、その一方で、激しくキリコは願っていたのである。

「夢中になって！　私に夢中になってちゃんと続きをして」

キリコは混乱し始めた。イニシアティブをとりたいという思いと、太田に愛されたいというひどく矛盾した思いがキリコを交互に襲った。

キリコは「すれた女」になりたいと思った。官能というものを知っていて、それに没頭するすべを知っている女になりたいと思った。

その時太田は「観察」をやめ、キリコを試しにかかっていた。太もものつけ根を指でなぞりはじめたのである。自分の意に反して、からだの中心が熱くなっていくのがわかる。しかし太田はそれにはまだ触れず、指をいったんわき腹に移動した。そして次に掌で胸をつつんだ。太もも、わき腹、胸と、太田は繰り返し機械的に動かしている。彼が「愛撫」というものをしているのはキリコにもわかる。しかし、いかにも慣れた彼の動作は、そのまま男の冷淡さのような気がする。

自分も彼に負けないほど醒めた感情をもちたいとキリコは思った。しかし、どうすればいいのだ。キリコはヴァージンなのである。すべてが太田より不利なのである。

「いいわ。何回も経験がある女のふりをしよう」

とキリコは決心した。

驚くほど単純な発想なのであるが、キリコはその方が太田に好かれるような気がした。なぜなら、昔よくキリコが読んだ貸本の中には、外見は純情そうな女が実はこのうえなく淫《みだ》らで、それによってますます男心がそそられるという話がよくのっていたのだった。

太田に打ち勝つ方法は、彼に意外なショックをあたえることなのである。日頃から彼がからかっているキリコの幼なさを裏切ってみせることなのである。そうすれば、きっと太田は自分のことを認めてくれるに違いない。

キリコはそのことも、歯をくいしばって耐えようと思った。いろいろな本では相当の痛みを伴うと書いてあるが、我慢すれば何とかなりそうな気がする。大切なことは、太田にヴァージンだと思われないことなのだ。

しかしとりあえず、いまはどんなことをしたらいいのだろうか。あの美代だったら、どんなことを言うのだろうか。キリコは想像したとおりの言葉を発した。

「わ、ステキ……。太田さんってやっぱりうまいわね」

太田の手がふいに止まったような気がする。彼が驚いているという思いは、キリコに深い満足感をもたらした。キリコはさらに続けることにした。少しあえぐように言おう。

「太田さんって、さ、す、が、だわ。思ってたとおりね……」

その時、キリコはふうっと体が軽くなったのを感じた。太田が体を離したのである。ドサッと音をたてて、太田はキリコの傍に身を横たえた。あおむけになり、腕で台所からもれてくる光を遮《さえぎ》っている太田の姿は、キリコにただならぬ気配を感じさせた。

「どうしたの」

キリコは尋ねた。

「どうもしやしないよ。ただちょっと疲れただけ」

太田の声から、キリコはなにも探ることができない。

「さっきあんなに飲んだし、今日は朝から撮影だったもんね」

キリコはそう言いながら、自分の口調がすっかりオフィスにいる時のそれにもどっているのを感じた。太田との時間が日常生活にもどるのはまだ嫌だった。

「太田さん……」

キリコはよびかけた。

太田は目を閉じたままだ。キリコは自分から太田の胸に顔を埋めた。映画の中の女がよくやるように、掌でそうっとみぞおちのへんを撫でた。初めて見る男の裸だ。白いブリーフを一枚だけまとった太田の姿は、小麦色になめらかで、キリコの知らないさまざまな筋肉のかたちを持っている。

キリコは初めて欲望を感じた。

キリコはさらに身を起こして、自分から太田の唇に触れた。彼の唇はあいかわらず乾いていたが、もう舌の感触をキリコに教えてはくれなかった。

「太田さん、煙草のにおいがするよぉ……」

さっきはわからなかった新鮮な発見だった。

「煙草をよく吸うからだろう。ハイライトを……」

太田はそっけなく言った。目はあいかわらず閉じたままだ。

キリコは焦《あせ》り始めた。とにかくなにかが起こったということだけはわかる。しかしその理由がまだ彼女にはわからない。

どうやったら、太田に〝続き〟をやってもらえるのだろう。

太田はこのままずっと横たわっているのだろうか。

そうしたら自分はどうしたらいいのだろうか。

キリコは全裸のまま、所在なくベッドに座り込んだ。混乱しているうえに、とにかく寒い。

その時、解決案を出してくれたのは、太田だった。彼は言ったのだ。

「もう遅いから帰りなさい」

キリコは瞬間聞き違えたのかと思った。しかし、太田はすばやく起きあがってセーターに袖《そで》を通しはじめている。キリコは嫌だと思った。絶対に帰りたくないと思った。そんなキリコに太田は再び言ったのだ。

「どうしたの、そんな格好をしているとカゼをひくよ」

それはまるで、裸で自分を見上げているキリコに、初めて気づいたような言い方だった。そしてそれは不思議なほどのやさしさに満ちていた。

「早く服を着なさい。タクシーが拾えるところまで送っていくから」

墓場の塀《へい》が途切れるあたりに、比較的大きな通りがあった。深夜の凍《こご》えるような寒さの中、そこまで太田はついてきてくれた。

彼が手を上げると、ややあって一台の黄色のタクシーが止まった。

「気をつけて帰るんだよ。カゼをひかないように気をつけて」

ドアが閉まる直前に、太田はもう一度言った。窓から見つめると、太田は穏やかな目をして、静かにキリコを見つめている。

キリコは、その優しさに希望を見出そうとした。しかし、二人の間には何の約束も交わされなかった。

何が起こったのか、まだキリコにはわからない。ただとり返しのつかないことをしたという思いと、自分がまだ処女であるということだけはわかった。

第八章　キリコ、職と恋を失う

太田のコーヒー茶碗は、深い緑色をしたモーニングカップだ。彼は出社すると、まずこれで熱い一杯を飲む。砂糖は入れない。

「ザ・フェイス」に入ってまずキリコが憶えたのは、このコーヒー茶碗であった。思えば誰のよりも注意深くコーヒーを入れていたのも、この茶碗だったような気がする。

インスタントコーヒーでも、やり方次第ではレギュラーコーヒーと同じぐらいおいしくなる。まず、少し多いめぐらいの粉を入れ、ほんのわずかな熱湯をそそぐ。そしてこれをスプーンで力を入れてかき回す。ぷぅーんとコーヒーの香りがしたら、後は八分目まで湯を入れればいい。こうするとインスタントだとは思えないほどの味と香りがする。

キリコはこのやり方を、以前勤めていた「植毛診療所」の植毛士から教わった。手間はちょっとかかるが、おいしさは保証するよ、と彼は言ったものだ。

毎朝、キリコはいくつもの、コーヒー茶碗の底をスプーンで回す。香りをたたせるには、かなり力を入れなければいけない。ゴリ、ゴリ、ゴリ。戸田や大津の茶碗は十回ほどしか回さなくても、緑色の茶碗はいつも二十回以上回した。それは秘かな太田への表現である。ゴリ、ゴリ、ゴリ。

その日も、昼近い時間にキリコは緑色のモーニングカップに湯をそそいでいた。「おはよう」と言って太田がやってくるのと入れ違いに、キリコは台所に立ったのである。

太田が出社するのを、今か今かと待っていたくせに、永遠に来なければいいような気もしていた。あの後家に帰って、とうとうキリコはまんじりともせずに朝を迎えてしまったのである。さまざまなことを考えた。深く考えると、不吉な予感がすることばかりだ。その中でただひとつキリコに甘い思いをもたらしたものは、明日の朝、太田がどういう顔をするかということであった。恥じらいだろうか、困惑だろうか。とにかく、何らかの変化が欲しいとキリコは思った。自分以上に、太田にとっても、それが「事件」であってくれればいい。キリコは実に多くの思いを、一杯のコーヒーに込めた。ゴリ、ゴリ、ゴリ。

「おはようございまぁす。はい、コーヒーです」

キリコは太田の机にカップを置く。なんという明るい声だろうかと自分でも思う。ふてぶてしいほどの無邪気を装うと、気持ちが軽くなるような気がするのだ。

「サンキュー」

いつもと全く同じ声で太田が言った。しかしキリコを見ようとしないところがいつもと違う。立ち去る時に、ほんの一瞬ではあるがキリコは彼の横顔に見とれた。太田は緑色の茶碗に唇をつけるところだった。その唇は、昨夜確かにキリコの唇に触れた唇である。

かすかな笑みをキリコはもらした。それは相手には見せることがない、親愛のサインなのである。

みんなのコーヒーを配り終った後、キリコは自分の席にもどって、新聞を切り抜き始めた。スクラップをつくって大津のための資料をつくることも、キリコにとって大切な仕事なのである。

ハサミを使いながら、キリコは前の席から自分にそそがれる視線を感じた。太田が自分を見ているのだ。しかし顔が上げられない。無視を装うことで、キリコは昨夜の演技の続きをしようとした。

「私が動揺していると思っているんでしょ。おあいにくさま、私はそんなにウブな女じゃないのよ」

それを告げる自分の顔は、美しく見えるだろうかと、キリコは気になる。丸顔の自分はうつむいた時の顎《あご》の線がよくないといつも思う。ハサミを持っている指は太くて短かい。先日も戸田に、「イモ虫おテテのキリちゃん」とからかわれたばかりだ。よく眠っていないので、化粧ののりもよくない。今だけは見つめてほしくないと思えば思うほど、手の動きがぎこちなくなっていくのが自分でもわかる。ハサミがすべって、五ミリほど新聞の活字にくい込んでしまった。

とうとう耐えきれなくなって、キリコは顔を上げた。机との仕切りの上から、太田の目がのぞいている。やはり彼はキリコを見つめていたのだ。

太田は静かな表情をしていた。無表情といってもいいぐらいだ。

ほんの少し前まで、キリコが気がつくといつも太田は笑っていた。

「なにがおかしいんですか、太田さん」

ムキになるキリコに、ますます太田は笑いを深くしたものだ。

「だってさ、こうして見るとキリコの顔って本当におもしろいんだもん。アメリカ漫画に出てくる女の子みたいな顔をしているんだよね。それも脇役の」

「わ、ひどい。失礼しちゃう」

あの頃はよかったとキリコは思う。入社したてのキリコは妹の役割に満足しきっていたし、太田もいとおしそうな表情を隠さなかった。いったいいつからなのだろうか。自分が太田に対して野心を抱くようになったのは。その時から、憎しみとか嫉妬とかいった奇怪な感情をキリコはしょいこむことになったのだ。

不意にキリコは今の自分にぴったりする言葉を見つけた。後悔、後悔。——彼女はその重みにたじろいだ。あの出来事を自分が悔いているなどとは、今の今までキリコは考えもしなかったのである。しかし、出来事が起こる以前の記憶を懐しむという行為は、後悔以外の何ものでもない。

キリコは勇気を出して、もう一度太田を見た。一見無気力な彼の目の奥に、ある底意地の悪さが浮かんでいるのをキリコははっきりと見届けた。ゾッとするような恐怖感がわき上がる。

太田も自分と全く同じことを考えているのだ。太田は悔やんでいるのだ——。

毎朝、軽い嘔吐《おうと》感がある。朝食の時に必ず飲む牛乳のせいかと思ったこともあるのだが、理由はすぐに知れた。

会社に行きたくないのである。

それまでキリコにとって、「ザ・フェイス」のオフィスはむやみにおもしろいところだった。もちろん、戸田や大津からはしょっちゅう怒鳴られ、何度か涙をこぼしたこともあるが、それでも朝が来るたびにキリコをふるい立たせるものはいくらでもあった。なにしろキリコはアパートに居る時間よりも、オフィスにいる時間の方が長いくらいだったのである。

広告の仕事は夜が遅い。二時、三時までの残業も珍しいことではない。そして、新米のコピーライターのキリコには、いくらでもすることがあった。自分の原稿を書く以外に、大津の分も清書しなければならない。

「こうして文章のリズムをおぼえていくんだぞ」

といつも大威張りで、大津はキリコにひどく悪筆の自分の原稿を渡すのだ。それが終ると、男たちの夜食もキリコは作った。それはせいぜいインスタントラーメンとか、簡単なサンドウィッチぐらいではあったが、それでも、

「キリコ、お前はいつうちに帰ってんだ」

「たまには風呂屋へ行けよ。くせえぞ」

などという声を聞きながら、食べるのは合宿めいていて楽しかった。

そのキリコが、近ごろは会社に行く時間になると胃に痛みが走るのだ。できることならこのままうちにいたいと心から思う。しかし九時をまわる頃になると、キリコは習慣とふてくされた責任感から、のろのろと服を着替えるのだ。

キリコのこの疲労感に比べて、太田の明るさはわざとらしいほどであった。一時期、彼にあった不安定な表情はすっかり消えて、近頃の太田は艶聞が立ちはじめている。

「太田ちゃん、最近調子よさそうじゃない。高樹町《たかぎちょう》の『フラッパー』で、このあいだも祐子ちゃんとご親密だったんだって?」

今日も午前中から、戸田がそんな話を仕掛ける。祐子というのは最近売り出し中の若いタレントで、最近太田が菓子のテレビCMに使ったばかりだ。

「ああ、あれかい」

太田はコンポのカセットを取り替えながら、後ろ向きで答える。

「祐子ちゃんがさあ、電話かけてきて、どうしても相談したいことがあるっていうから、オレ真夜中に車とばして青山まで行ったんだぜ。そうしたら『一度でいいから、太田さんとお酒飲みたかった』ときちゃう。全くおかしなコだぜ」

「ふーん、それでいただいちゃったワケ?」

「いや、ちょっとその気になったけどさ、あのコものすごいガリじゃない。あんなにオッパイのないコとは、ヤッても仕方ないと思ってさぁ……」

そう言いながら太田は、流れてきたロックの音に合わせて腰を振りはじめた。年季の入ったステップだ。

「だいたいさあ、祐子ってオレの好みじゃないんだよね。あのコ、芸能人やっているわりには足が太すぎるんじゃない、あんなにヤセているのにさ、首すじもあんまりきれいじゃないね」

キリコは太田のひと言ひと言が、胸につきささるようであった。他の女の批評をしながら、太田は自分を皮肉っているのではないかと思う。そして今のような軽い調子で、自分とのことを戸田に言っているのではないかとキリコは不安にかられた。

「裸にしてもさ、キリコって本当にドテッとした田舎娘の体型なんだぜ」

そんなはずはあるまい。最後までいかなかったにせよ、キリコを抱いたという事実を戸田に話すことは、太田のプライドが許さないだろう。

キリコは、こんなことを考えるほど卑屈になっている自分に気づいてハッと息を呑んだ。

その間も太田はステップをふんでいる。大柄《おおがら》な彼は動作のひとつひとつに、外国人のような迫力があった。

「どう、戸田ちゃん。今夜あたり『玉椿《たまつばき》』にいかない？」

「お、いいねえ」

「最近あそこ、メーカーの女の子たちが多いんだよね。コスチュームに金と頭を使っててすごくおもしろいぜ」

「玉椿」というのは、最近新宿にできたディスコで、芸能人やマスコミ人間が毎夜集まる大層派手な店だということを、以前キリコは雑誌で読んだことがある。太田は最近そこの常連となったようで、戸田との話題もそこの店のことが多い。

「あのコたち、すっとんでておもしろいぜ。踊りながら気がむくと、平気で裸になっちゃうんだからね」

太田の言葉や動作は、暗に自分を拒否しているようだとさらにキリコは思う。ディスコに一度も足を踏み入れたことがなく、ステップひとつ知らない自分を、太田はあざわらっているかのようだ。

太田は、流れてくるソウルミュージックに合わせて、腰を器用に動かしている。コールテンのパンツ、ウールのシャツは、よほどのしゃれ者でないと着こなせない濃い緑色だ。キリコはそんな太田にひととき見とれた。自分がどれほど彼に憧れ、愛しているかがはっきりとわかる。そして太田の心が完全にキリコから離れ、冷ややかに自分を見下しているのもわかる。それだからこそ、いっそうキリコは彼を愛するのである。

「太田さん、いらっしゃいますか」

あの女の声だ。太田のところにしょっちゅう電話をかけてくる三人のうちの一人だ。明快な口調は、彼女が職業をもつ女、それもかなり専門的な仕事をもっている女であることを示している。

「太田さん、電話です」

キリコは太田に受話器を手渡しながら、自分が息苦しくなっているのを感じていた。ほんの一ヵ月前まで、こんなことはなかったはずだ。受話器を手でおさえながら、

「いつものラブコールです」

「はい、今日は違った女の人ですよォ」

などと茶目っ気たっぷりに言えるほどの余裕はあった。その自分が今ははりつめた気持ちで、じっと会話に聞き耳をたてている。

「よせよ、そんな言い方。仕事が忙しいんだから仕方ないだろ」

「わかった、わかった。じゃあ九時すぎには必ず行くよ。しかし、まあ……あなただってヒマじゃないだろうに」

太田が「あなた」とややあらたまった言い方をする女は、いったいどんな女なのだろうかとキリコは思う。いつか戸田に自慢気に語っていたファッション雑誌の女性編集者なのだろうか。それとも名前だけは雑誌でよく見るインテリア・コーディネイターの女だろうか。

いずれにしても洗練された美しい女たちに違いない。その女たちの手入れがゆきとどいたマニキュアの指、デザイナーズ・ブランドの服などがキリコにはたやすく想像できるのだ。そして彼女たちが身にまとっている下着まで、なぜかはっきりと目にうかぶ。贅沢《ぜいたく》できゃしゃな下着。よくブティックのウインドーで見るようなあれだ。その下着をつけて彼女たちはベッドに横たわり、それを太田の手によって脱がせてもらうのだ。

キリコはあの夜の、白いゴワゴワした木綿の下着を不意に思い出した。今さらながらみじめさと恥ずかしさがこみ上げてくる。

キリコはその時、嫉妬という感情は、決して競争者への憎しみではなく、自分への深い絶望だということを理解したのだった。

「とりかえしのつかないことをしてしまった」

何度でもキリコは思う。あんなことさえしなければ、キリコはあの女たちによって、これほど暗い感情を持たされることはなかったのだ。ほんの少し前まで、キリコはあきらかに彼女たちに対して優越感さえ持っていたではないか。太田に「特殊に」愛されているという思いは少なからずあったし、そうでなくとも彼に可愛がられている後輩という地位は動かしがたいものがあった。しかし、今のキリコはそれさえも失いつつあるのだ。

それなのに、それと引き替えにキリコは太田を狂おしく恋するようになり、それと全く反比例して太田は彼女から遠ざかりつつある。

「わかったよ。ちゃんと行く……。うん、ちょっと遅れるかもしれないけどさ」

とにかく今のキリコは〝電話の向こうの女〟ほどにも太田からやさしい声をかけてもらえないのだ。

それでもキリコは奇跡を信じていたのだろうか。

何度かキリコは太田と帰り道を一緒にしようと図ったことがある。夜道を肩を並べて歩くキリコに、太田はもう一度言ってくれるのだ。

「オレの部屋に来いよ」

そしてあの「続き」をしてくれるのだ。

しかし、オフィスをたとえ同じ時刻に出たとしても、駅までもキリコと太田は共に歩くことはなかったのである。長い足で大股で歩く太田にキリコはもう追いつけなかった。太田は二度と、歩調をゆるめてキリコを待っていてくれようとはしなかった。そしてキリコも夜道を急ぐ彼を、もう呼び止めようとはしない。それは決して彼女のプライドによるものではもはやなかった。

そうした日が続く中で、キリコが秘かに心待ちにしているものがあった。「ザ・フェイス」の新年会がもうすぐ開かれるのである。それは日頃つき合いのあるカメラマンや、モデルたちも招かれるかなり盛大なもので、最後にはかなり座が乱れるのが恒例となっている。太田と酒を飲む機会というのは、あの初冬の日以来初めてのことだ。アルコールが入って弛緩《しかん》した精神の中で、キリコは太田と再び何らかの関係を結べるのではないかと期待していた。嘲笑でもいい、憎悪の言葉でもいい、少なくとも今の無視されている状態よりははるかにましだとキリコは思う。そして酒の力を借りて大胆になる自分自身に、キリコは賭《か》けていたところがある。

新年パーティーが開かれたのは一月も末のことだ。会場の渋谷のパブには、予想以上の人数が集まり、戸田たちを少なからずあわてさせていた。

「いやー、どうも、どうもみなさん去年はどうもご苦労さん」

社長の高倉は上機嫌で、店からはみ出しそうなほどの人々に向かって挨拶を始めた。太った体と愛嬌《あいきよう》ある目が特徴の四十男で、無類の女好きである。戸田や太田たちが朝から女の話を楽しむことができるのは、彼がそれを咎《とが》めるどころか、誰よりも喜んでそれに聞き入るからである。

「おかげさまで、わが『ザ・フェイス』も、昨年は素晴らしい業績を上げることができました。ご存知のように日東デパートのコマーシャル・フィルムでもＡＣＣ賞を獲得し、『東海製菓』というよきクライアントとめぐり会えたという素晴らしい年でした」

「ゴマをするな」

というヤジが、その会社の宣伝部の連中あたりからわいて、人々はどっと笑った。ひときわ華やかな笑い声をたてたのは、青柳祐子である。キャンペーン・ガールの彼女は、自分こそがいちばん笑う権利があるとでもいうように、身をのけぞらせて笑っている。衿に毛皮がついたワンピースという彼女は、いかにもタレントらしいある野暮ったさがあって、それが逆に彼女の可憐さをひきたてていた。肩までのまっすぐの髪、色白の肌と八重歯は、画面で見るよりずっと幼ない。そして彼女はその幼ない一途《いちず》さで、太田の傍にぴったり寄り添っていた。

「本来なら、その場所は私のものだったのに」

とキリコは思う。

しかし今のキリコは、店の隅でひとりたたずんだまま、二人を見つめていなければいけないのだ。

「これもひとえに、みなさん方がいかに『ザ・フェイス』を愛し、引き立ててくださっているかということでありましょう。えーい、もう固苦しいことはいっさいやめて、パーッと飲んじゃおう」

高倉は言い、みんなは再び笑った。

「乾杯――」

ビールのグラスを持つ高倉の手には、指輪が三つはめられている。「ザ・フェイス」の業績がいいのは本当らしい。三つのうちのひとつは、昨年新しく増えたものである。

店の中は、タバコの煙と人いきれでむせこむほどの息苦しさになってきた。そして人々はむしろそんな空気を楽しむかのように、活発に飲み、喋べり始める。その中に黒いニットドレスを着た美代がいた。キリコが今まで見たことがないような不思議なかたちの帽子をかぶっている。横にいるのは、ヘア・メイクアーティストの丸山だ。革のジャンプスーツが身体にぴったりと貼りついて、彼をまさしく爬虫類《はちゅうるい》のように見せていた。この職業の男に実に多いのだが、彼も年季の入ったホモである。そして彼が、太田に片思いしているのはあまりにも有名である。彼も祐子の存在が気になるらしく、美代と話しながらも二人の方に視線を走らせていた。それがおかしいと、里子がしのび笑いをしながらキリコをつつく。

「見なさいよ。丸山さんたら。うふふ……このあいだも撮影の時に『太田ちゃん、太田ちゃん』って大変らしかったわよ」

「あら、嫌だ。気持ち悪い。そんな人とどうして太田さんはよく一緒に仕事を組むのかしら」

「きまっているじゃない」

里子はあきれたようにキリコを見た。

「太田さんみたいなナルシストはねえ、自分のファンはいつも手元においておきたいのよ」

以前に、太田と自分は結婚するのではないかとまで言ってくれた里子は、こんな鋭いことを平気で言う。またひとつ真実が見えてきたようで、キリコは悲しい。

彼がもし、ひとときでもキリコを愛したことがあったとしたら、それはキリコが自分を慕《した》っていたのを、知っていたからなのだろうか。そう、ちょうど今の祐子のように。

「さて、次はお待ちかね、われらがアイドル、祐子ちゃんから挨拶をいただきましょう」

司会役の戸田が突然彼女を指名した。現金なもので、その前にスピーチしたスポンサーの男の倍ほどの拍手が来た。

「いやだわー、どうしよう」

恥じらいながら、祐子はステージにのぼった。ステージといっても、ライブをする店などによくある、低くて小さなステージだ。それなのに、必要以上に彼女は照れているとキリコは思う。それは太田が見ているからなのである。自分がいつもそうだったように、彼女も恥じらいこそが太田のような男にいちばんたやすく接近する方法だと信じているのだ。

「えーと、私、去年はとてもいい年だったと思います。『東海製菓』のお仕事をさせていただいて、自分がもうひとまわり大きくなったような気がします」

やや語尾が上がる喋べり方だが、気にさわるほどではない。それより、白い肌を上気させて一句一句確かめるように喋べる彼女の愛らしさにみなは圧倒されていた。

「『ザ・フェイス』のみなさんと一緒にお仕事できたことは、とっても幸せなことだと思っています。えーと、それから」

彼女の頬がさらに紅色に染まった。

「太田さんみたいなディレクターとお仕事できて、とってもとっても嬉しかったです」

そのとたん、拍手と歓声がわき上がった。

「やったね、太田ちゃん」

「これでほっといたら男じゃないよ」

大津たちに肩をたたかれ、太田はしきりに照れている。

その時、みなと同じように口元をほころばせた自分にキリコは驚いていた。祐子の大胆さに嫉《ねた》ましさは感じたものの、ある安心感が生まれたのも事実なのである。祐子と太田とはまだ何もない。それだけは確信できる。なんらかの関係をもった男に対して、女はあれほど自分の心をあらわには出さないものなのである。安心感どころか、キリコの中にはさらに別の感情さえ生まれていた。それは晴れがましさなのである。いま、一座の中心となり、人々に競って酒をつがれ、微笑みかけられている男。その男と自分とは、ほんのわずかだけれども肌を合わせたことがあるという誇りなのである。キリコは一瞬、ステージに駆け上がりたいような衝動をおぼえた。

「私はね、太田さんに抱かれた女なのよ」

そう言えたら、どれほど気持ちがいいだろう。しかし、その後はキリコは何と続けるのだ。

「だけどね、太田さんはどういうわけか途中でやめちゃったの」

キリコがそう言えば、人々の笑いは祐子の比ではないだろう。自分のいう晴れがましさというものが、どれほど滑稽《こっけい》でみじめな要素を含んでいるかということは、キリコにだってよくわかる。しかし、その程度の幻想を持っていなければ、どうやってこれからキリコは生きていけばいいのだ。

「確かにあの時は、太田は自分を愛していた」

と思い返すことだけが、いまのキリコの貧しい救いなのだ。

　時計が十一時をまわる頃には、帰り仕度をする客も増えてきた。美代はとうに、カメラマンの男と腕を組んで出ていった。今のところ彼が美代の新しい恋人らしい。ロンドンに十年以上もいて、最近日本に帰ってきたばかりのその男は、髪を玉虫色に染めている。鋲《びょう》をいくつもうった古着とともに、それはキリコを驚かせるのに十分だった。美代のあの大黒さまのような帽子は、そのカメラマンからの土産ではないかとキリコは想像した。

　キリコはあたりに目を配りながら、意識は太田にぴったりと焦点を合わせていた。太田は高倉とテーブルの隅で話し込んでいる。酒癖の悪い高倉は、どうやら太田にからんでいるらしい。

「来年も、またいっぱい賞をとってくれよな。オレは太田ちゃんだけが頼りなんだ。な、な。グラフィック部門はみんなダメェ。戸田も大津も半端《はんぱ》もんだ。な、わかるだろ。オレの気持ち、太田ちゃんだったらわかってくれるだろ」

　太田はうんざりした様子で、早くも腰をうかし始めている。この分では二次会までつき合わないなと、キリコは判断した。

　キリコは急いで祐子の方に近づいた。「東海製菓」の宣伝部の男たちが帰っても彼女は一人残り、所在なさそうにフルーツをつついたりしている。彼女も太田を待っているに違いないのだ。

「祐子ちゃん、お疲れさま」

キリコが馴《な》れ馴れしい笑顔で近づくと、彼女もふっと笑いをかえした。そのすばやさと歯の白さは、いかにもタレントめいていて、これはなかなか油断ができないぞと、キリコは思った。

「祐子ちゃんのドラマ、このあいだ見たわ。初出演だと思えないぐらい堂々としてた」

「ヤダーッ。ホントにぃ。私ダメなのよ。今までCMの仕事ばっかりしてたでしょ。カメラの前で表情つくりすぎるって、よく注意されちゃうの」

それでも祐子は気がいい女らしく、近づいてきたキリコをそううるさがる風でもない。

「この話でもうちょっとつないでいよう。ドラマの話をすれば、この女、かなり〝持ち〟そうだ」

とにかく太田が帰りに彼女を誘うのだけは、絶対に阻止しなければならないのだ。自分と祐子が一緒にいるのを見れば、太田は彼女に声をかけるのをためらうはずだ。

もし、太田がどうしても祐子と一緒にどこかへ行きたいと思うならば、キリコも誘わなければいけなくなる。「三人で飲む」ということも、その時のキリコが願っていたひとつの情況だった。

「『ザ・フェイス』の人たち、みんないってるわよ。祐子ちゃん、きっとすごい女優になるんじゃないかって……」

「女優だなんて言って嫌だわ。私なんかたった一回ドラマに出たきりなのよ」

キリコは、いかにも相手の喜びそうな話題を次から次へと並べたてた。時々は笑い声もたてる。人もかなりまばらになっていき、その笑い声はすんなりと太田のところへとどきそうだ。

その時だ。祐子の瞳が大きく動いた。

「あ……」

小さな叫び声ももれる。

キリコはあわてて後ろを振り返った。まさに太田が店のドアを開けて帰るところだ。

すぐに後を追おうとして、キリコはためらった。祐子の前でぶざまな真似は見せたくないというかすかな美意識も、まだキリコの中には残っていたのである。そして奇妙なことに、祐子もその場を動こうとしなかった。二人は躊躇《ちゅうちょ》していた。お互いが相手に心を気取られるのをおそれていた。

先に言葉を発したのはキリコである。

「祐子ちゃん、帰ろうか」

「うん」

祐子も深くうなずいた。二人は同じ目的に向かって、すばやく歩き始めた。その時はすでに遅く、エレベーターは下に向かっていた。七階、六階、五階……。減っていく数字を見つめながら、気が狂うほど焦っている自分をキリコは見つけた。革のジャンパーをはおり、一人箱の中にたたずんでいる太田がはっきりと目にうかぶ。それは孤独で淋しい図だった。あの六本木の夜そのままの太田の姿だった。今なら声をかけられるかもしれない。

「待ってください」

と叫ぶことができるかもしれない。

エレベーターは1のところが点滅した。じれったいほどもどってくるのが遅い。その間、キリコはやや冷静をとりもどしていた。年下の祐子に、今自分がおこなっていることの言いわけをしなければならない。

「太田さんにどっか連れてってもらおう。おごらせちゃおうよ。ね」

われながら、その言葉がどれほどそらぞらしいかわかる。返事をしないところを見ると、祐子もそんなことを全く信じていないに違いないのだ。しかし、彼女はキリコを拒否しようとはしていなかった。それは気配でわかる。それどころか、エレベーターの点滅を必死で見つめている彼女の横顔からは、連帯感さえ伝わってくる。

祐子は知っているのだ。二人力を合わせなければ、太田には近づけないことを。自分一人の力で彼に近づけるとも思っていないのだ。つまり、祐子もキリコも、太田に愛されてはいないのだ。

エレベーターが一階に止まって、二人ははじかれたように外に飛び出した。太田の姿はすでにない。

「どこに行ったのかなぁ」

祐子が不安気に言う。

「ここらへんのお店じゃないと思うわ。太田さん、ふだんから渋谷には来ない人だから」

こんなことを言いながら、わずかでもキリコは優位に立とうとしていた。

「うちに帰ったのかもしれない。そうだわ、きっと。あの人、中目黒に住んでいるから東横線に乗るはずよ」

二人は渋谷駅に向かって走り出していた。夜の駅前通りはまだ人波が続いていて、新年会帰りらしい酔客も多い。キリコたちは三メートルおきに人にぶつかった。

「気をつけろ、このアホンダレ」

などという怒声を背に聞きながら、キリコは走った。冬だというのに、キリコの額からは汗が吹き出し始めた。

やっと東横線の駅に着く。切符売場、改札口、ホームに見える人の列からも、太田の黒い革ジャンパーを見つけることはできない。

「いないわ、やっぱり。どうしよう」

それでもあきらめきれず、売店の方まで走っていった祐子がもどってきた。

彼女も汗をかいており、長い髪が二、三本首すじのところにへばりついている。太田が以前指摘したとおり、きゃしゃなわりには太く短かい首だ。その上には、口紅がすっかり落ちたしらじらとした顔がのっている。

「なんていう醜い女だろう」

男を求めて走りまわった彼女を、心の底からキリコは軽蔑した。そして祐子は彼女自身であることにも気づいた。

すべてがわかったのだ。いまの祐子のようなことを、キリコは二ヵ月近くも続けていたのである。祐子のような美少女でさえ、その姿はみすぼらしく滑稽である。ましてや自分が、どれほど薄汚れた存在に見えたかは想像に難くない。そんな自分を、太田はあざ笑って見ていたのだ。

すべてが終ってしまったことを、今さらながらキリコは了解した。

そしてその時のキリコにたったひとつだけ信じたいものがあるとしたら、自分にこういう仕打ちをしたのは、太田の復讐だったということである。せめて、憎しみという感情を太田にはもっていてほしかった。あの時に、自分がどういうことをしたか、その時のキリコはまだ全く理解できていなかった。しかし、結論だけはすでに出ていた。

太田に憎まれているから、自分は彼の前から姿を消さなくてはいけないのだ。それなりの仕打ちを受けなくてはいけないのだ。

その夜、キリコは「ザ・フェイス」を辞める決心をしたのである。

第九章　キリコ、転落がはじまる

「京子様、お元気ですか。

先日電話でお話ししたことを、もう少し詳しく冷静にお話ししたいと思います。

男女の愛憎とかというものは、私とはまるっきり無縁なものだと思っていました。だけど、どんな女の子にもそんな日が突然やってくるものなのですね。男にフラれて、会社を辞める——。そんな劇的な人生が自分にやってくるとは、本当に信じられないような気がするのです。しかし、一回コトを起こすと、男というのはあれほど態度が変わるものなのでしょうか。

『あーあ、つまらない女とヤッちゃったなあ』

という態度がミエミエだし、男であるということだけで、そういうことをしてもいいと思っているみたいです。それにひきかえ、女というのは弱いものですね。ちょっとセックスしたぐらいで、たちまちメロメロになって男を追っかけまわすんですから。この何ヵ月、自分でもよくあんなアホなことをやれたと思います。考えれば考えるほどみじめで涙が出てきちゃう……。でも『ザ・フェイス』を辞めてから憑《つ》き物《もの》が落ちたようにO氏のことは忘れました。私のようにボーッとした女の子には、いい経験になったみたいです。

だけど辞めると突然私が言い出した時は、ちょっとした騒ぎでした。

『まだ一人前にもなっていないのに、どういうつもりだ』

と怒ったのは私の直属の上司、大津さんという人ですが、アート・ディレクターの戸田さんはひどかったわ。

『お前は今まで月謝を払うどころか、給料をもらって仕事を教えてもらっていたみたいなものなんだぜ。お礼奉公が済まないうちは絶対に辞められないはずだ』

って言われました。どちらも、私のことを思ってくれているっていうことが伝わってきてジーンときちゃいました。O氏はその横でずっと知らん顔でした。私はものすごく腹がたって、

『私はあの人に犯されたんです』

って叫ぼうかと思っちゃった。われながらスゴイ性格になったと感心します。ところで、辞める直前にちょっとした事件がありました。私は仕事をきちんと片づけるた

めに、日曜日に出社したの。その時、偶然にもO氏もやってきて、びっくりしてたみたい。二人無言で仕事を続けて、ものすごーくシラけた雰囲気になったわ。最後に私はこう言ったの。

『太田さん、どうもいろいろお世話になりました』

ってね。それからこうも言ったの。

『太田さんにはいろいろ教えていただきましたね。仕事のやり方とか、お酒の飲み方とか、それから男の人がどんなに残酷なものかっていうことも……』

ね、ちょっとカッコいい言葉だと思わない？

なんか最後にこの言葉を言いたいがために、私は会社を辞めたような気がするの。

そうしたら、O氏はなんて言ったと思う？　口をちょっと皮肉っぽくゆがめてさ、

『キミは何にもわかりゃしないんだよ。本当に信じられないぐらい子どもなんだから』

ってこうよ。ねぇ、どういう意味だと思う。

私にはまだわからないわ。とにかく京子も男には気をつけてね。新しい会社に移ったらまた手紙書きます。

キリコ

京子様
」

便箋《びんせん》を折り畳みながら、この手紙には二つの大きな嘘があるとキリコは思った。ひとつは、いかにも太田と最後まで肉体関係を結んだと思わせていることである。しかし、やはり親友にもすべてを話せないような気がする。話がややこしくなるし、キリコの女としてのプライドというものがある。そしてそのプライドが、もうひとつキリコに嘘をつかせていた。それは、

「憑き物が落ちたようにO氏のことは忘れた」

という箇所なのである。それは全くの正反対だ。太田ともう二度と会えないという事実は、キリコの悲しみを、さらに単純に、かつ純粋なものにしていた。朝起きるたびごとに、キリコはひとときベッドの中で涙を流すのが習慣になっていた。

「あんなに好きだったのに……。本当に愛していたのに……」

女が誰でもそうであるように、キリコもまたさまざまな感情を浄化させ、一握りの甘やかな感傷のみを残すしたたかさを身につけていた。その後も長い間キリコの記憶の中で、太田は「初恋の人」となり、「初めての男」となっていくのである。

しかし、その時のキリコは、そういつまでも悲劇のヒロインの立場に酔ってばかり

はいられなかった。早く次の職を見つけないことには、キリコは再び飢えてしまう。手取り九万円そこその給料では、ろくな貯金もできなかったのである。

キリコは再び母校であるところの、マスコミ専門学校の門をくぐった。再び職を紹介してもらうためである。

「えっ『ザ・フェイス』を辞めたんだって。もったいないなあ。あそこは業界でもかなり上のランクの会社だったんだよ」

就職係の男は、さも意外そうにキリコを見つめた。

「でも、一週間前に辞めちゃったものは仕方ないんです。お願いします。明日からでも勤められるところはないでしょうか」

「そうは言ってもねえ。女性のコピーライターっていうのは、本当にむずかしいんだよ。ほら、見てのとおりなかなか求人がないしねえ……」

そう言いながらも男は、カードをめくり始めた。それは半年前と全く同じ光景である。違っているのはキリコだけだ。あの時のキリコには、ただ期待と躍《おど》るような意欲があった。しかし、今の彼女は少し疲れて、無表情に机の前に座っている。いまのキリコには、そう願うものはなかった。ただコピーライターという地位と、毎月のきまった報酬を自分に与えてくれるところならどこでもよかったのである。

「あった、あった。ここならどうかな。四谷にある『オオタキ企画』っていうところだ。今んとこ、ここだけだな。女性コピーライターを募集しているのは。どう、ちょっと行ってみる?」

「はい、今すぐでも面接に行きたいんですけど」

「それは構わないけどね。うーん」

男は腕組みをした。

「森山君は成績がよかったからこんなことを言うんだけど、ここはあんまりいい仕事をしているところじゃないよ。『ザ・フェイス』と比べるとかなり落ちると思うなあ。どう、四月まで待ってみない。四月になればかなり求人も増えると思うよ」

「でも、いいんです」

キリコはきっぱりと言った。

「お給料くださるところならどこでもいいんです。それに私、四月まで食いつなぐほどのお金もありませんし」

「そうかい……。じゃさっそく『オオタキ企画』の方に電話するよ」

その日の午後、キリコはさっそく教えられたとおり、四ツ谷駅に降りた。日本テレビの方に向かい、五、六分ほど歩くと目ざす五階建ての白いビルが見える。三階と四階に看板が出ているところを見ると、かなり大きな会社らしい。あの就職係の男の話で、路地裏の小さなマンションかなにかの一室を想像していたキリコにはかなり意外だった。

さらに驚いたことには、受付もちゃんとあるのだ。

「あの、世古《せこ》専務にお会いしたいんですが。森山と申します……」

キリコがそう告げると、受付の女はニッコリ笑った。口紅が濃すぎるのが気になるが、目が大きい、かなり綺麗な女である。

「そちらでお待ちください」

女は笑みを中断することなく、かたわらの応接セットを指さした。茶色のソファセットは、広告プロダクションというよりも、どこかの固い会社をイメージさせる。ややあってキリコの前に姿をあらわした世古も、きちんとしたスーツ姿で、とても業界の人間には見えない。名刺に刷ってある「クリエイティブ・ディレクター」という文字が、非常に場違いな感じだ。

そもそも「クリエイティブ・ディレクター」というのは、広告をつくる人間の最高の地位につく人間の名称なのである。デザイナー、コピーライターなどの上にいて、さまざまな指示を与える人間をアート・ディレクターといい、かなりの権限を持つ。

クリエイティブ・ディレクターというのは、それよりももっと上の、すべての人々を総括《そうかつ》する役目なのだ。だから、この男はかなり偉いのだとキリコは思った。それにしても、スーツの趣味といい、ネクタイの色といい、あまりいいセンスの持ち主とは思えない。

「どれ、どれ、作品を拝見しましょうか」

と差し出す手も、いやに白くて細い。キリコが知っているデザイナーの手というのは、太くてがっちりしている。ロットや定規をたえず握りしめていると、ちょうど肉体労働者と同じ手になるのだと、以前戸田が自慢していたのをキリコは思い出した。

「なるほど、『ザ・フェイス』に勤めてたんですね。あそこの日東デパートのお仕事は、いつも注目させていただいてましたよ」

と世古は言って、キリコにニッと笑いかけた。

いったいこの男はいくつなのだろうか。年齢は四十歳前だというのはわかるのだけれども、女性じみた話し方やしぐさは、男を奇妙に若く見せている。

「うちの仕事のことを説明させていただくとね、うちはコンドウスーパーマーケットのチラシを、全部担当させていただいてるんですよ」

コンドウといえば、日本で二番目にランクされるスーパーマーケットである。しかし、チラシは広告業界の中では、かなり下にランクされる仕事であった。多くの例外はあるが、どちらかといえばセンスよりも体力を要求される分野だといわれている。けれども、その時のキリコにはどうでもいいことであった。「オオタキ企画」が、受付まである確かな会社だということだけで、キリコはほぼ満足していた。それにその時の彼女は、コピーライターという仕事に、格別の愛着も野心もなかったのである。そもそも「ザ・フェイス」にいた時も、キリコは半端仕事、大津が手掛けないようなチラシやカタログをつくっていたのである。「オオタキ企画」の仕事の内容に格別の不満を持ちようはずがない。

「それじゃ、来週からでもさっそく来ていただこうかしら」

不意に世古は言った。

「はっ。私でいいんですか。ここで決めてよろしいんですか」

「いいんですよ。私がいいっていえばいいんだし、それに『ザ・フェイス』さんに勤めていた方ならばそれだけで十分ですよ」

再び世古がやわらかい笑い声をたてた時、キリコは表現しがたい不気味さを感じた。それは就職が決まったという喜びとは、はるかに無縁のものであった。

「それではよろしくお願いします」

とキリコは頭を下げ、出口に向かうために振り向いた。そこにはさっきの受付の女が座っており、笑顔で軽くキリコに会釈をした。

その時またキリコは、背筋に寒けが走ったのだ。彼女のその笑いがキリコに向けるためにとっさにつくったものではなく、ずいぶん前から顔に刻《きざ》まれていたものであるということがわかったのである。

受付の女は、キリコが面接をしている間中、ずっと笑い続けていたのである。

「いったいあの会社、どうなっているんだろう」

四ツ谷駅に向かいながら、キリコは何度も、首をひねった。


それから五日後、初めて「オオタキ企画」に出社したキリコは、かなりホッとしたものである。コピーライターやデザイナーたちが、全員まともだったからだ。まともだったが、かなり程度が落ちた。

「今日からうちに入ることになった森山キリコ君だ」

と世古が紹介しているにもかかわらず、ある男などは、「少年ジャンプ」から目を離さない。

「じゃあ、みんなよろしくお願いするわよ」

と世古が去った後、雑然とした空気はいっそうひどくなった。なぜかウォークマンを耳にあてて朝から居眠りを始める者、牛乳パックと菓子パンをほおばる者など、みながいっせいに仕事以外のことに向かって活動を開始したのだ。

なにしろ人数が多いのである。広いオフィスに十五、六人の人間が座っている。おまけに何人かのチーフを除けば、ほとんどがキリコと同じほどの若者たちばかりだ。その連中がてんでに好き勝手なことをしているありさまは、まるで学校の昼休みのようだとキリコは思った。

「森山さーん、ここよ。ここがあなたのデスク」

やっと声をかけてくれた人間がいた。小柄な、髪を驚くほど短かく切った女が笑いかけてきた。化粧っ気がほとんどない顔と、真赤なトレーナーがまるで高校生のようだ。

「ショウちゃん、ちょっとあんたのマンガどかしてくんない」

女は愛らしく声をはり上げて、ショウちゃんとよんだ若い男をつついた。

「お、わりい、わりい」

と男は素直にあやまりながら、デスクの上にうずたかく積まれた週刊誌を片づけ始めた。さっき「少年ジャンプ」を読んでいた男だ。よほどマンガが好きらしく、置いてあった雑誌もその類のものばかりである。

「ヤンなっちゃうわ。私が森山さんが来るって聞いて、先週から片づけといた机を、すぐに物置きにしちゃうんだから」

髪の短かい女は、誰ともなしに文句をいいながら、椅子のクッションをパンパンとはたき、キリコを手招きした。

「さ、きれいになったわ。私、森山さんと同じ仕事をするコピーライターの小泉美加。よろしくね」

「森山キリコです。お掃除どうもありがとう」

美加は満足そうにうなずいた後、まわりの人間たちをてきぱきと紹介しはじめた。

「これショウちゃん、デザイナーをしてるの」

「こっちヨウコちゃん、プランナーよ。まだ新米だけどね」

「こっちはショウちゃんの上司で、チーフデザイナーの滝田さん」

「ユウちゃん、こっちを向いて。あれもデザイナーなの」

ニックネームでいちどきに教えてもらっても、キリコは憶《おぼ》えることができない。しかし、そう感じの悪い人間は一人もいないということだけはわかった。

「キリコちゃん」

美加はもうキリコのことをそんなふうに呼ぶ。

「ちょっとまだナンだけど、お茶飲みに行こうよ。ここでは話しづらいこともあるしさ……」

「おい、おい、話しづらいことって何だよ。まさかオレたちの悪口じゃないだろうな」

ショウちゃんが、マンガ本から突然目を離して叫んだ。

「あたりぃ――」

「畜生。オレだってコーヒー飲みにいくぞ」

「ダメ、ダメ。世古に見つかるとまたうるさいもん。それにあんたはいろいろ前科者だから、一緒に行くと目立って仕方ないのよ。私は、キリちゃんにいろいろと教えるっていう大義名分があるからいいんだもーん」

そう言いながら、美加はショウちゃんから飛んできた消しゴムをうまくよけた。

「あーあ。疲れちゃった。アレがついてくるとうるさいんだもん。自分のことばっかペラペラ喋べるしさ」

ビルの隣りの喫茶店は、キリコと美加以外には誰もいない。まだ九時を少しまわった頃である。こんな時間に、入社そうそうの自分がお茶を飲んでいいものだろうかと、キリコは不安になった。

「でもいいの。お仕事……」

　おずおずと聞く。

「平《へい》ちゃらよ。別に大した仕事をしているわけじゃなし」

　美加はふてくされるように言うと、モーニングサービスのゆで玉子を音をたてて割った。

「それにしてもあなた、なんで『ザ・フェイス』をやめたの。もったいないじゃん。うちなんか仕事っていったってチラシばっかりだよ」

「えっ、そんな……。仕事なんてどこへ行ったって同じだし……。それにね、私、あそこにいても新米コピーライターだったから、やっぱりチラシばっかりやってたのよ。ここと同じよ」

「バカだね、あなたって」

　美加はつぶやきながら、ゆで玉子の白身から黄身をとり出そうとしていた。それは黄身だけを食べる目的のためではなく、そうやってゆで玉子を食べるのは、どうやら彼女の趣味らしい。

「いい仕事をしている会社でチラシをつくるのと、つまんない会社でチラシつくるのとじゃ、ぜんぜん違うんだから。いろいろ勉強になるじゃない。もったいないなぁ——。私が行きたかったよ、『ザ・フェイス』。あそこの日東デパートの、象が踊るCM。私、大好きだったんだから」

そのCMは太田がつくったものである。さまざまな思いがキリコの胸にこみあげていた。しかし、彼女はもう後悔しないことにきめたのだ。太田がいたあの場所が、どんなに羨望される場所であろうと、もう二度とキリコはもどれないのだから。

「でも、『オオタキ企画』って、おもしろそうだと思うわ。前のところと違って、若い人が多いから楽しくやれそう……」

それは美加に対してではなく、キリコ自身に言いきかせた言葉だった。

「そりゃ、楽しいわよ。でも楽しいだけの会社。ホントよ。長くいるところじゃないわ」

なぜだかいまコーヒーをすする美加は、さっき部屋で明るくふるまっていた美加とかなり違う。彼女はその頭のよさで、自分がどういうふうにふるまったらいいのか計算しているのだとキリコは判断した。「ザ・フェイス」にいた時の自分とつい比較してしまう。ことさら幼なく、無邪気に行動していたキリコと、怜悧《れいり》にしかも磊落《らいらく》に見せている美加。しかしどうやらキリコの方が恵まれた立場にいたことは確からしい。なぜなら、自分よりすぐれた人間たちの間に混じる時、人はあきらかに前者の演技をするのだから。

「あなたね、ここにいたって誰もなんにも教えてくれないわよ。なにしろ年寄り連中もバカばっかりなんだから」

「世古さんは？　あの人、クリエイティブ・ディレクターなんでしょう」

「冗談じゃないわよ」

美加はけたたましい笑い声をたてた。

「あんなのは肩書きよ。名刺にとりあえずくっつけただけよ。あの人、クリエイティブ・ディレクターっていったって、線ひとつひけやしないし、写真の見方ひとつ知らないんだもん」

「そう。驚いたわ……」

「そもそもね、うちの会社、前に何をしていたかわかる？　ほんの七、八年前まではね、コンドウスーパーの看板書きをしていたんだから。それがあそこが急に大きくなったもんで、お前んとこでチラシもつくれってことで広告会社をつくったのよ。うちの社長なんか、元看板屋の親父よ。それであの世古はその時からの片われで、今は取締役をやってるわけ」

「あ、なんだか気が滅入《めい》ってきちゃったわ」

「でしょう。だから『ザ・フェイス』をやめてバカだっていうのよ。あの世古なんかさ……あ、あなた受付の女見たでしょう？」

「うん、あのニタニタ笑っている女ね」

「そう、あの女、完全にコレなのよ」

美加は突然、右手をくるくると回してパッと開いた。

「アホなの？」

「そ。会社勤めやっていられる頭じゃないのよ。それを入社そうそう、よく知らない世古が手ごめにしたのよ。その負い目があるもんだから、やめさせることができないの」

「なんか私、こわくなってきちゃった……」

本当にキリコは一瞬ではあったが、震えがきたのである。しかしそれにしても、入社してからわずか一時間もたたないキリコに、よくも次から次へと美加は情報をたたき込んでくれたものである。途中までキリコは、それを美加の親切から行なわれたことであると解釈していたのであるが、どうもそうではないらしい。どうやら美加は、日頃の欲求不満をキリコにぶつけてきたにすぎないのだ。そんなキリコの視線に気づいてか、さすがにやや照れて美加は立ち上がった。

「なんかいろんなことを喋べりすぎちゃったみたいだね。でもあなたとは仲よくやれそうよ」

「ホント。うれしいわ。私もあなたと一緒で心強いわ。あ、コーヒー、いくら？」

「いいわよ。最初だから私がおごるわ」

美加はすばやく伝票をとって早口で言った。

そんな様子も、彼女は京子によく似ている。


「森山さん、とりあえず一本仕事をしてほしいんだけれど……」

チーフの谷崎が遠慮がちにキリコに声をかける。谷崎というのは独身の三十男で、声が異常に小さい。そのために彼と話す者は、

「え？　え？」

と叫びながら、彼の口元に耳を寄せなければならなくなる。すると谷崎はかすかに赤くなり必ず後ずさりするので、また近づかなければならない。慣れないうち、キリコはよく谷崎を部屋の隅に追いつめたものである。それを見て、ショウちゃんたちは

よく笑っていたらしい。

「春の大バーゲンのB全なんだけどねえ……」

今日もあいかわらず消え入りそうな声だ。

「わかりました。とりあえずどうしたらいいんですかッ」

キリコの声はそれに反比例して次第に大きくなる。

「うん、さっそくなんだけれどコンドウの販売促進部へ行って話を聞いてきてよ。本当は僕が一緒に行って紹介しなきゃいけないんだけれど、ちょっとぬけ出せない会議があるんでね」

「だいじょうぶです。私、前のところで日東デパートのチラシをやっていましたから、だいたいの要領はわかっているつもりです」

コンドウスーパーマーケットの本部は新宿にある。三年前に副都心の一等地に、十一階建てのビルが完成した時は、

「流通業界での勝利宣言」

などとマスコミに騒がれたものだ。

総ガラス張りの外見といい、日本庭園の中庭といい、非常に豪華なつくりになっているのだが、いまひとつ趣味が悪いとキリコは思う。モザイク模様の壁などは、眺め

ているこちらが気恥ずかしくなるような配色なのである。おまけに一階のフロアの真中には、創立者近藤某とかの銅像が立っている。

「出入り業者はね、あそこの前を通る時は最敬礼しなくっちゃいけないのよ」

と美加が言っていたけれど本当なのだろうか。しかし、広告制作者たちは絶対に「出入り業者」ではないとキリコは反撥してしまう。

「ザ・フェイス」のアート・ディレクターの戸田はよく言っていたものである。

「いいかい。オレたちクリエイターっていうのはね、企業より絶対に偉いんだぜ。そう思わなきゃいけないんだ。オレたちはプロとして、彼らに商品の売り方を教えてやるんだからね」

「そうだわ。絶対に頭なんか下げちゃいけないんだわ」

キリコはそう決心して、かなり動悸《どうき》を早めながら銅像の前を通りすぎた。足さばきが不自由になっているのが自分でもわかる。やっとエレベーターの前までたどりついて、キリコはややおびえて囲りを見渡した。しかし傍にいた受付の女たちも、格段心にとめた様子もない。

どうやらキリコは美加にからかわれたらしい。

憮然《ぶぜん》とした思いで、キリコは販売促進部のドアの前に立った。ノックするまでもない。人の出入りが激しいために扉は大きく開かれたままで、社員たちが立ち働いているのが見える。キリコは一瞬中に入るのをためらった。それは、すべての机が入口の方に向いていたからだ。銀行のカウンターのように、前列が女子社員、いちばん後ろの列に年配の男が座っているところを見ると、どうやら地位が上に行くほど机の配置は後退していくらしい。上役に監視されているという思いからか、部屋全体がわざとらしいほどの忙しさに満ちている。伝票を持ったまま小走りに歩く男さえいるほどだ。それはいやおうなしに、急成長した会社の魅力と嫌らしさをキリコに伝えた。彼女は、半月前まで担当していた日東デパートの宣伝部といつしか比べている自分に気づいた。老舗《しにせ》のデパートのそれは、いつ行ってもひっそりと静かだった。あの静けさは、売り上げが頭打ちとなり、年ごとに広告費を削らなければならない企業特有のものだったのだろうか。

ふと感慨にとらわれ、キリコはほんの少し悲しい気持ちになった。会社の浮沈によってさまざまな変化を見せる社員たちの様子を、はっきりと見届けたような気がしたからだ。

その時だ。

「あの、誰に用なんですか」

という声がした。見ると段ボールの箱を持った男が怪訝《けげん》そうな顔で立っている。

「は、はい。吉井さんにお会いしたいんですが……」

キリコはもの思いにとらわれて、しばらくぼんやりと戸口に立っていた自分が、どういうふうに見えたかと思うと身がすくむようだ。

「吉井さぁーん、お客さんですよ」

段ボールの男の声で、むっくり太った中年の男が顔を上げた。後ろから三列目の席にいるところを見ると、まあまあの地位らしい。

「ああ、『オオタキ企画』さんね、ちょっと待っててぇ」

男はいかにも大儀そうに声をかけた。その口調に、軽い侮蔑《ぶべつ》があるのを鋭くキリコは察した。

「そりゃあ、腹が立つことばっかりよ」

美加の言葉をキリコは思い出していた。

「コンドウの連中はねぇ、うちのことなんかもう頭からバカにしているのよ。そりゃそうだわよねぇ、広告つくるって言ったって、世古みたいなアホがまずしゃしゃり出てゴマをすってるだけなんだもん。あれじゃあ相手にしてもらえるはずがないわよ。実際のとこ」

それにしても、いつまでここで待たされるのだろうか。チーフの谷崎が電話を入れて、時間も約束してあったはずだ。突然来たわけではない。それなのに、キリコが部屋の隅の固い椅子に座ってから、すでに十五分以上たっているのである。

キリコの苛立った視界の中に、一人の若い女がとび込んできた。まだ若い女だ。流行の七分パンツが、同じ業界であることを示していた。

「『フロムアート通信社』の池内真知子っていう女じゃないかしら」

確かにそうだ。彼女の顔と経歴をキリコはよく知っている。なぜなら、今年、東京コピーライターズクラブの新人賞を、女性でただ一人受賞した彼女の顔は、このところ業界誌をにぎわしているからだ。四年前に慶応大学を卒業し、そのまま一流の代理店勤務というコースは、この世界のサラブレッドといってもいい。その牝《めす》のサラブレッドが、颯爽《さつそう》と部屋を横切って、つかつかと吉井に近づいていくのにキリコは少なからず驚いた。

やがて、

「今度の新聞のことで、ちょっとお聞きしたいことがありまして……」

という真知子の声でキリコは納得した。コンドウスーパーマーケットの新聞、ポスター、CMなど大きなメディアに関しては「フロムアート通信社」が請《う》け負っているのである。彼女はきっと担当のコピーライターに違いない。

キリコがさらに驚いたことには、真知子を前にして吉井がニコニコと相好《そうごう》を崩し始めたではないか。吉井のデスクで二人は熱心に何やら喋べり始めた。真知子の手には、レイアウト用紙が握られている。大きさからすると、新聞の全面を使う十五段広告らしい。真知子がひとつ指さすたびに、吉井は分厚い資料をひっくり返す。

そんな二人を、キリコは相変わらず部屋の片隅に座ったまま見つめていた。

これほどに差をつけられると、かえって腹もたたない。

キリコはやっと理解できたのである。就職係の男や美加が言った「もったいない」という意味を。確かにキリコはレールを踏みはずしたらしい。十五段の新聞広告やコピーライターズクラブの賞などというものは、もはや二度とキリコの手の届かないところへ遠ざかったようである。

しかしその時のキリコは、自分が失ったものをそう惜しいとは思わなかった。もうキリコは安逸さを知ってしまったのである。あきらめという感情をひとたび持ってしまえば、どれほど楽に生きられるか、二十四歳のキリコは、からだで憶えてしまったのである。

第十章　キリコ、男に狂う

最近キリコは、夜遊びをすることが多くなった。とにかくヒマなのである。

コンドウスーパーのチラシは、週に一回ほどつくられる。それを美加と交替で手がけるのであるから、月のうちほとんどは仕事がないといってもいい。雑用もすべてやらされていた「ザ・フェイス」の頃とは、あまりにも違う。

この頃では時計が四時をまわろうものなら、キリコは自分のデスクの上に、化粧道具をズラリ並べる。五時の退社時には、化粧が整った顔で一刻も早く会社を出たいからだ。少し前まで、口紅をうっすらつけるぐらいだったキリコが、今では眉をひき、紅も流行のぬらぬらと光るものをつける。

「あーら、キリコちゃん。すっかりおキレイになっちゃって。今日はどんな人とデートなのぉん」

隣りの席のショウちゃんが、ふざけて声をかけてきた。今日手にしているのは「漫画アクション」だ。彼は五時まではマンガを読みふけり、それ以降に仕事をするという変わった習癖の持ち主だ。時間中は怠《なま》けるだけ怠け、残業手当てがつく時間帯だけはいやに張り切るのである。

そんなショウちゃんほどの図々しさは、キリコにはない。せいぜい勤務中に化粧をしたり、美加と喫茶店に逃げ込むぐらいである。

これも「ザ・フェイス」時代に比べると、信じられないような変わりようだ。最初の日にキリコが目を丸くした「オオタキ企画」のクリエイターたち。その一人に確実にキリコはなりつつある。

しかし、それがこれほど居心地のよいものだとキリコは考えもしなかった。会社とはこんなものだと見切りをつけて、鼻でせせら笑えば、また別の世界が拡がってくるのである。実際、五時そうそうに会社を終えて、夜の街に繰《く》り出すというのは、キリコにとって初めての体験である。それは彼女が大学生の頃、かすかに憧れていた生活で、キリコはやっと自分が若い女性らしい楽しみを手に入れたと思っている。

今夜はマスコミ専門学校の同級生たちと、赤坂で一緒に飲む約束をしているのだ。三流私大で鬱々《うつうつ》たる日々をおくっていた西川クンが、かなり大手のプロダクションに就職がきまった。そのお祝いなのである。

赤坂見附前の花屋で、キリコは小さな花束をつくってもらった。キリコが「ザ・フェイス」に入社するときまった時、

「そうだよな、森山さんほどの実力があったらどこにでも入れるよ」

と、素直に喜んでくれた気のいい仲間である。その彼に、嫉妬したりするのはいけないことだとキリコは思う。あの日の彼のように、顔を輝かせて「おめでとう」と言いたい。花束はその決意を固める小道具なのだ。

かすみ草を添えたマーガレットを持って、キリコはTBS前のパブのドアを押した。約束の六時にはまだ少し早いはずなのに、西川クンはおろか、香苗の顔もすでに見える。見たこともない男たちも三人ほどテーブルを囲んでいた。

「森山さーん、こっち、こっち」

西川クンは大げさなぐらい手をふる。いつ会っても無邪気な青年だ。

「紹介するよ。森山キリコさん。われらが優等生で、コピーコンテストを総なめしたんだぜ。今はあの有名な『ザ・フェイス』にお勤め……」

「やめたのよ」

「え、そう。知らなかったな。今はえーと、えーと……」

「『オオタキ企画』っていうところに勤めています。といっても多分ご存じないでし

ようけど」

キリコは言いながら、自分の口調がかなり蓮《はす》っ葉《ぱ》なのに気づいた。どうやら初めて会う男たちを意識しているらしい。

三人のうちの二人は、全くキリコの好みではなかった。昔から彼女は丸顔の男が嫌いなのである。男の頬の線は、できるだけ鋭角的であってほしいとキリコは思う。そして目も丸かったり大きかったりしてはならない。あくまでも細く、一本の線を描くような目の男がキリコは好きなのだ。

残りの一人は、まさにそんな男だった。目は細いというよりも、横に長く、一という文字を描いている。唇は薄く、いかにも両切りのタバコと皮肉な笑いが似合いそうだ。そしてなによりも男に精悍《せいかん》な印象を与えていたのは、短かく刈り込んだ髪である。それは男を、新人のボクサーのようにも、若いやくざのようにも見せていた。キリコはごく自然に、男の隣りのあいた席に座った。

「こちら、イラストレーターの高木さん。前に僕がバイトしていた出版社で可愛がってもらっていたんだ」

西川クンが言う。

「高木です。よろしく」

男は頭を下げた。低いトーンの声だ。すんでのところでキリコは笑い出すところだった。

「なにかおかしいですか」

高木は気配を察してか不思議そうに言った。

「だって……」

キリコはついに吹き出してしまった。

「だって、顔のイメージどおりの声なんだもん」

「そうかなぁ、僕のイメージってどんなのかなぁ……」

男は顎《あご》を撫《な》でた。いかにも固そうな髭《ひげ》が、黒く点々と浮きあがっている。

「いかにも、ハードボイルドって感じの顔と声をしているんだもの。私、おかしくって」

「そうかなぁ。僕はふつうのアホな男ですよ。チャンドラーなんか、おっかなくて読んだこともない」

高木はキリコを見た。本当に細い、鋭さだけが心に残るような目だ。醜男《ぶおとこ》だと言えないことはない。しかしさまざまな事実を、男であるということがすべて逆転させて、魅力あるものにしてしまった、そんな気がする顔だ。

それにも増して声がいい。しみじみとした低い声は、あまり自分のことを喋べらない男特有のものらしい。

「コピーライターしているんだって？」

その声で高木は聞いた。

「どういう仕事をしているの」

「どうって……。つまんない仕事を普通にやっています。高木さんは、あの、どういうイラストを描いているんですか」

「どういうって……。普通の仕事を普通にやっているだけだよ」

かすかに高木は笑った。キリコはふと、いつかイラストレーターの専門誌で、高木の名前を見つけたような気がした。

「それじゃあ、いくよ。西川クンのこれからの前途を祝して乾杯！」

いつのまにか、太った男のうちの一人が、グラスを持って立っている。

「乾杯」「乾杯」

キリコは水割りのグラスを、高木のそれに軽くぶつけた。他人のための乾杯なのに、なぜか甘く心が騒ぐ。

「さて、次は西川クンのご挨拶でぇす」

太った男は、また陽気な声を出した。拍手の中、西川クンはやや照れて立ち上がった。

「えー、今日は僕のためにお集まりいただきましてありがとうございました。おかげさまで、やっと念願のコピーライターになることができました」

「やったね」

「イヨッ」

例の二人の男たちが茶々を入れる。

「こうなったからには、絶対に三年以内にコピーライターズクラブの新人賞をとります。ここに宣言しますよ。僕はやります」

すでに西川クンは、少し酔っているようである。

「コピーライターズクラブの新人賞って、そんなに欲しいものかなぁ……」

高木がキリコにささやいた。

「そりゃ、コピーライターをやっていたら誰だって欲しいですよ。あれをとって、コピーライターズクラブの会員になるっていうのが、この道を志すものの夢ですからね」

「それで、あなたはどうなの。いつか賞をとれそうなの」

「とれるはずがないじゃないですか」

キリコは自分の声がややかん高くなったのがわかる。この男の前でだけは卑屈になりたくないと思いながら、ついこんなふうに反応してしまうのだ。

「賞をとるためには、それなりの環境にいなきゃならないんですから。大きな代理店やプロダクションに入って、いい仕事をさせてもらわなきゃ絶対に無理だわ。私みたいな仕事をしていたら、一生ダメでしょうね」

「いや、君ならいつかやれるよ」

高木は静かに言った。

「西川はダメだろうけど、キミはきっと賞もとるだろうし、うんと有名なコピーライターにもなれるよ」

「お世辞言わないでくださいよ」

キリコは高木に対して腹立たしい気分にさえなってきた。その場限りの慰めを言う男が、キリコは丸顔の男よりずっと嫌いだった。

「お世辞なんか言いやしないよ。そんな気がするから正直に言っただけだよ」

高木はわざとキリコの方を見ないまま、水割りのグラスをあおった。よく目立つ喉《のど》ぼとけを、久しぶりにキリコは見たような気がする。太田の時もそうだったが、それはなによりもキリコに男を連想させるのだ。

男とキリコはその後ほとんど言葉をかわさず、にぎやかな話の渦《うず》の中に別々に身をまかせていった。

「さ、そろそろ次に行こう」

西川クンがみんなを見渡して言った。かなり腰つきが怪しくなっている。

「ディスコでフィーバーしちゃうのはどう」

香苗が叫んだ。「サタデー・ナイト・フィーバー」という映画が封切られて人気をよんでいた。映画好きの香苗は、たぶんとうに見ているに違いない。

「いいねぇ。『玉椿』はどうだい」

太った男の声にキリコはハッとした。そのディスコは、太田が毎夜のように通っているところである。彼に会いたくないし、ましてやこんな野暮ったい男と一緒にいるところを見られたくないとキリコは思った。

その頃、よくキリコはこんな場面を想像したものだ。青山でも六本木でもいい、とびきりのスノッブたちが集まる店にキリコはいる。高価な服をまとい、顔かたちも身のこなしも、すべて美しく洗練されているキリコだ。そしてキリコの傍には彼女の恋人がいる。有名人でなかったら、うんと地位の高い男だ。その男と二人、キリコがシャンパンを飲んでいる時に、太田が入ってくる。近くに席をとる。そしてキリコに気がつくのだが、太田は声をかけることができない。なぜなら、すでにキリコは太田が近づけないほどの場所にいるからである。グラスを手にもったまま、キリコは太田とは目を合わせずうすら笑いをうかべる。

こんな子どもじみた夢を、いまだにキリコは捨てなかった。それどころか、大切に育《はぐく》んでいったようなところがある。だからこそ、キリコは太田との「再会」を大切にしたいのだ。まだ会いたくはない。ましてや、こんなふうに会いたくはない。

キリコは高木を見た。彼がその場面でキリコとシャンパンを飲む男ではないことはわかる。太田と容貌も性格もまったく違う。しかし、同質のなにかを持っている男だとキリコは思った。そしていまだけは一緒にいたい男だった。

「どうします。私、ディスコって苦手なの」

キリコは小さな声で聞いた。

「僕も今夜は勘弁してもらいたいな。いいよ、踊りはあの連中にまかせて、もう一軒飲みに行こうよ」

高木はそれが癖なのか、また顎を撫でた。

「僕の部屋に行くかい？」

と高木が尋ねた時、キリコはそれほど驚かなかった。

「ボトルが置いてあるから」

と高木が言い、自分の家の近くの店までキリコをタクシーで連れてきたのも、計画的といえばいえないことはない。しかし、そんなことはもうどうでもよかった。

「その日出会ったばかりの男と、セックスをするかもしれない」

という思いは、スリリングな喜びさえキリコにもたらしたのである。自分がよく雑誌に出てくるような、軽薄で好色な女そのままになるということに自虐的な快感さえあった。

二人は店を出た。一歩外に出ると暗闇が続いている。住宅地の真中にぽつりとあるスナックだ。

「ここはどこ」

「下北沢《しもきたざわ》のはずれさ」

「あなたのうちって近いの」

「あの角を曲がったところさ」

「一人で住んでいるの」

「そうだよ」

「奥さんはいないの」

「いるはずないじゃないか」

高木は低く笑った。

「ああ……」

「どうしたんだい」

「あなたの声、すごく好きだわ」

「ありがとう」

高木は言って、すばやくキリコにキスをした。太田のように舌を入れたりしない、ごくあっさりしたキスが、キリコに安心感さえあたえた。

高木の言葉に嘘はなかった。百メートルほど歩くと、角地に小ぢんまりとしたマンションがあった。

「階段だから、気をつけろよ。キミ、ちょっと酔っぱらってないかい」

「お酒を飲めば、酔っぱらうのあたり前じゃない」

「わかったよ。わかりましたよ」

高木は言って、キリコの腰に手をまわした。今気づいたことではないのだが、高木は意外なほど背が低い。キリコとほとんど同じぐらいだ。しかしそれがかえって、高木のからだ全体から発散する性的なにおいを濃くしていた。

思い出した。そういえば背の高い男も、キリコはあまり好きではなかったのだ。

高木は部屋のスイッチをつけた。そのとたん、おびただしい量のレコードが目にとびこんできた。十畳ほどのリビングルームの壁二面に、つくりつけの棚《たな》があり、天井から床までぎっしりレコードが詰め込まれていた。

「すごいわ。これ、全部買ったの」

「レコード会社から送ってくるんだよ。試聴盤さ」

「どうして。あなた、イラストレーターでしょ」

「オレ、ペンネームでよく専門誌にレコード評を書いているんだよ。知らなかったかい」

「知らない。私、音楽にはまるっきり弱いの」

「ふうーん」

高木は別に気にする風でもなく、一枚のレコードを棚から選び出し、針を落とした。ゆるいテンポのジャズピアノが流れてきた。

「これ、だぁれ」

「――さ」

「わからないわ」

「わかんなくたっていいよ。有名なやつじゃないし、オレだってジャケット見ながら言っているんだから」

「でも、棚の中から選んでたじゃない。好きなんでしょ、この人」

「嫌いじゃないよ」

キリコはソファに深く腰をおろして、あたりを見まわした。満足感がひたひたと胸の中に広がっていくのを感じる。ジャズを愛する男と、初めて会った晩。自分でも出来すぎではないかと思うほど、芝居じみている。よく若い女流作家が描く短篇小説のようではないか。

高木が手渡してくれた缶ビールをひと息に飲んだ。中缶なのに残さなかった。酔いがキリコをますます大胆にした。

「ねぇ、隣りの部屋を見てもいい？」

「いいよ。だけどベッドと机があるだけだし、それに散らかっているよ」

確かにその部屋は混乱をきわめていた。くしゃくしゃになったシーツが床に落ちており、仕事机の上は、さまざまな雑誌の切り抜きやマーカーなどが散乱していた。高木の作品も額に入ったまま重ねて置かれている。エア・ブラシの手法も一部にとり入れた、男性的なイラストだ。中にはキリコがよく知っている絵もある。トマト・ジュースのポスターで見た絵だ。

「なぁに、これ」

キリコは思わず大きな声を出した。中の一枚に男性器が描かれていたからである。黒一色の非常にリアルな絵だ。皺《しわ》の線ひとつまで、実にたんねんに描かれている。

「あ、これかい。もちろんオレ自身を描いたんだよ」

「ふうーん、いい趣味ね」

「そう言うなよ。昔からずうっとそうだったんだぜ。毎日、自分のそれをクロッキーしてたんだ。いろんな変化があって、結構おもしろかった」

「いくつの時から？」

「十五歳の時だと思う」

「どうして、その時からしたの」

「多分、初めて女を知った日だったんじゃないかな」

「嘘！　私嘘をつく人、大嫌い」

突然、嫉妬が襲ってきて、キリコは握りこぶしで高木の胸をたたいた。

そして二人はそのままベッドに倒れ込んだ。

男の手がブラウスにかかった時、キリコは最後の抗《あらが》いをした。

「私たち、さっき知り合ったばかりなのに……」

「いいんだよ……」

高木の声はさらに低くなり、そして限りなくやさしくなった。

キリコは深呼吸するように腕を伸ばした。どうしてこれほどのびのびと、ラクな気持ちになれるのだろう。

理由はわかっている。なぜなら、キリコはこの男を少しも愛していないからである。知り合ってから、五時間もたっていない男を、どうして愛することができるだろう。

「こういうのを〝遊び〟っていうんだわ」

「ザ・フェイス」にいた頃、太田や戸田たちがよく声高に喋べっていた。知り合ったその晩に、平気でホテルについていく女たち。いま自分もそのひとりになったとキリコは思う。しかし、そう思うのは、なんと自由でのびやかなことだろうか。

男の手が、自分のからだにさまざまな細工を仕掛けているのがわかる。誰に教わったわけでもないのに、キリコのからだはそれに応え、喉の奥から甘い声をたてている。

「あら」

キリコはかすかに赤くなった。どうして自分がこんなふうな声を出すことを知っているのだろうか。映画やテレビで見る、その時の女優たちと全く同じ声ではないか。これは演技なのだろうか、それとも本能というものだろうか。

本能という言葉は好きだ。

なまなましくて、性的なにおいがぷんぷんする。

キリコはうっとりと目を閉じて、その言葉を何度も繰り返した。その本能というものを持つ自分は、確かに〝ふつう〟の女なのだ。しかし、それは少しも嫌ではなかった。ふつうの女たちが、ふつうにやっていることに、やっとキリコはたどりついたのだ。

「もっと、足を拡げてごらん。そうしないと入らないよ」

高木が、やや怒ったような声で言った。

入れるって何を入れるのだろう。やはり、あれなのだろうか。学生時代、たった一度だけキリコはそれを見たことがある。昼下がりの路上で、一人の男が立っていた。その男が握りしめていた、赤黒い棒状のもの。十八歳のキリコは吐き気がこみあげてきたっけ。

いま、それを自分のからだに入れると男は言う。いったい、どんなふうにして。

冗談じゃないわ、とキリコは思った。

さっき見た、高木の男性自身のクロッキーも、思いがけないほどの大きさで彼女の頭の中に拡がっていく。

あんな大きなものが、からだの中に入るわけがないじゃない。そんなことをしたら、バラバラに毀《こわ》れてしまう。

キリコは拒否の言葉のかわりに、ぴったりと足を閉じた。閉じようとした。しかし、その前に驚くほど強い力で、キリコの両足は押し拡げられていった。

自分のいちばんやわらかい肉に、今まで見たこともないほど固い肉が触れたのがわかる。しかも、その肉はなにかを探して、ぐるぐるとやわらかいまわりをさまよっている。

やがてそれは一点に止まった。その肉は完全に一本の棒に変化していた。

そんなことがあるわけがない、とキリコは叫び声をたてようとする自分を必死でこらえた。棒がからだの中に入るなんて、そんなことが人間にできるはずがない。トンボならわかる。自分も子どものころによくやった。一匹の赤トンボをつかまえて、しっぽの先をちぎり、一本のワラをつきさす。しっぽが突然茶色に変色しながらも、それでもよろよろと飛び立つ赤トンボ。それを眺めながら、みんなでゲラゲラ笑ったっけ。

私はトンボじゃないわ、とキリコは思い、その棒から逃れようとした。腰をうかせ、上へ、上へとキリコはすすんだ。しかし、ベッドのボードに頭はすぐつかえた。わずか五センチの逃亡だった。棒はキリコにぴったり密着したままキリコを追ってきた。そしてその勢いでキリコの中に入ってきた。それはからだをずんずんとつき刺し、脳天をつき破っていきそうだ。

「キャーッ」

キリコは、こらえきれずついに悲鳴をあげた。しっぽにワラがささったままの赤トンボが、いくつもいくつもキリコの中で飛び立つ。そのワラはいつしか、道端で会ったあの男の不気味な棒となり、ボードに描かれた高木の男性器のクロッキーになったりする。

「や、やめてよ！　堪忍してよ。キャー、痛い、痛い」

もう、女優たちの真似をする余裕などない。次から次へとぶざまな声がキリコからもれる。高木はその声に全くひるむことはなかった。それどころか、前進するのみだったそれが、左右と上下という新しい動きまで見せるようになったのだ。

自分の内臓がめちゃくちゃにされている。

棒はいつしか、男の〝意志〟そのものになり、自分のからだの中でとびはねているようだ。

これは拷問《ごうもん》だと思う。確かにそう思う。けれどもなんのために。さっきまで高木は自分に優しかった。肩を抱きしめて、何度も唇を求めてきた。その高木が、突然人が変わったように残酷になり、自分をこんなに苦しめている。いったい、自分がどんな悪いことをしたのだろうか。

苦痛のあまり、うっすらと涙さえうかべてキリコはそう思った。

その時だ。高木はふいに体を離した。肩で荒く息をしている。闇の中で、ティッシュをわしづかみにとる音がする。

「ううっ」

高木は低くうなった。その声はほとんど動物的で、キリコはさっきとは違った種類の恐怖さえ感じたものだ。

「どうしたの……」

キリコはおそるおそる声をかけた。高木は何も答えない。激しい息づかいはまだ続いている。

「この人も苦しかったんだ」

ふいにキリコはそう思った。自分が痛さに耐えている間に、この男もなにやらせつないめに遭っていたらしい。

「どっちもつらい思いをして、どうしてみんなセックスなんかするんだろう」

それを高木に尋ねてみたいような気がする。

「私も苦しかったけど、あなたも大変だったみたいね」

と。しかし、それは本当に口に出してもいい言葉なのだろうか。少し違うような気もする。

それに非常な痛みと苦しさがあったのは本当だが、終ってしまうと、次第にそれが懐かしくさえなってきたのも事実なのだ。さっきまでの煩悶《はんもん》が嘘になり、キリコの中に、甘い思いがいつのまにか居座っていた。

だから男の手が再び伸びてきた時、キリコは拒まなかった。高木は彼女の髪をくしゃくしゃに乱しながら、自分の頸《くび》の下にすっぽりとキリコをかかえ込んだ。

「このまま、眠ろう」

高木は言った。

「赤ちゃんは……。もしかしたら、さっき……」

キリコは聞いた。その質問と、幼ない声の調子が、いかにも男に媚《こ》びていると自分でも分かる。

「赤ちゃんねえ……。赤ちゃんはこのティッシュの中だよ」

高木は低く笑い、左手をキリコの鼻先に持ってきた。

「いや！」

といって身をよじったものの、キリコはまだ青い木の実をまっぷたつに割ったようなそのにおいを鋭く嗅ぎとった。

人間というのは、いちばん動物的な行為をする時に、どうしてこんな植物のようなものをつくり出すのだろう。高木の腕の中でキリコはまどろみに落ちていくまで考え続けた。

高木は腕どころか、足までもしっかりとからめている。アルコールのせいか、男の肌はあくまでも熱い。肌を熱くさせたまま、男は軽い寝息をたてはじめた。

このまま本当に眠ってしまうのだろうか。

キリコはそんな高木にもの足りなさをおぼえた。

「私って、本当はインランなのかもしれない」

そうつぶやいたのが、その夜キリコがいちばん最後に記憶している出来事だ。生まれて初めて男に抱かれながら、キリコはぐっすりと眠りについた。

このごろ時計が五時を指すのが、本当に遅いとキリコは思う。四時半をすぎると、キリコは机の上をすべて片づけ、雑誌を見ながら時間をつぶす。一度などは待ちきれずにタイムカードを押し、「四・五九」という数字にあわてたことさえある。

「本当によくやるよ」

美加はそんなキリコに苦笑いしながら言った。最近彼女は、大きなプロジェクト・チームに入っている。

「あなたもだんだん、うちの会社の空気に染まってきたみたいね。入社した当時は、もう少しけなげなところもあったのにね」

「あたり前でしょう」

キリコはコンパクトを出し、口紅をひき直しながら答えた。このごろの彼女は、人前で化粧をすることを別になんとも思わなくなっている。

「仕事はつまんないし、給料は安い。定時に帰れなきゃ、なんでこんな会社にいるのよ」

「それはいいんだけどさ」

美加は言いづらそうに、ちょっと小首をかたむけた。

「昨夜、遅い時間にちょっとした企画会議があったのよ。あなたにも参加してほしかったんだけど、私がちょっとクライアントまわりしている間に、すでに遅しであなた帰っちゃったわね」

「あら、私、知らなかったわよ。言ってくれれば残ってたのに。それに、そんな会議のこと、今週のスケジュールには入ってなかったじゃない」

「そりゃ、そうだけど、私たちの仕事って、遅い時間に急に決まることが多いじゃない。だけどたいてい、あなたはもう帰っているから、仕方なく他の人がすることになるのよ」

そんな美加の言葉を、適当に受け流しながら、キリコは買い物の手順をあれこれ考えていた。高木のビールの肴《さかな》はなんにしようか。若鶏《わかどり》のカラ揚げをつくってもいいのだが、男所帯のキッチンには中華鍋など無い。それならいっそ出まわり始めた新じゃがを牛肉と甘辛く煮つけようか。高木の家の近くの肉屋は、店の閉まるのが早い。スーパーで買ってもいいのだが、やはりあちらの店の牛肉の方がずっと安くておいしいのだ。

「悪いけど、その話は明日ゆっくり聞くわ」

キリコは立ち上がりながら腕時計を見た。五時三分、タイムカードを押しても失敗の無い時間だ。

会社を出て駅に向かいながらも、キリコの目は商店の店先にひきよせられていく。サヤエンドウもおいしそうだ。あれをバターで軽くいためるのもいいかもしれない。高木はなんでもおとなしく食べる男だが、意外と脂《あぶら》っこい物が好きなようだ。

高木のアパートにキリコが通うようになって、もう三ヵ月がすぎようとしていた。週の半分は、彼のために料理をつくり、軽く掃除もし、そしてその日は泊まっていく。

「今日は、きっとうちで仕事をしているはずだわ」

電車の窓から流れる景色を眺めながら、この何日か、高木のことしか考えられない自分にキリコは気づいている。男らしい線を描く横顔をもったその男は、キリコの初めての恋人なのである。確かにそれは言える。なぜなら、おとといの夜、高木はキリコに何度も言ったのだ。

「愛しているよ。お前ぐらい可愛い女は他にいやしないよ」

高木はキリコの顎を手に持ち、美術品を鑑賞するようにゆっくりと彼女の顔を眺めた。そして髪を撫でながら、次第にあおむかせていった。次の瞬間、なにかに魅入られたように激しく唇を吸う。

そういう時いつも恍惚《こうこつ》と、それ以上の羞恥《しゅうち》と不安が、キリコのからだの中を走るのだ。

「ダメよ。そんなことをしちゃ」

キリコは泣きたくなる。

「私みたいな女を、どうしてそんなふうに扱うの。こんなことがあっていいのは、うんときれいな女の人だけよ。その人たちと同じようなことをするなんて、やっぱりいけないことよ」

もちろん、そんなことを口に出してはいわない。高木のそういう行為にまだ慣れることはできなかったけれど、途中でやめてほしくなかった。

「愛してるわ。私だって本当に愛しているのよ」

とキリコはささやく。

「愛している」だって――。こんな言葉を男に言われ、自分も口にする人生を今まで考えたことがあっただろうか。

少女時代から、いつもあのあきらめと一緒に自分は生きてきたとキリコは思う。

「まぁ、この子は誰にも似ていない無器量な子だねぇ」

遠縁の叔母からそんなことを言われた日から、その思いは始まったのだ。学校時代も、就職の時も、そこで起こったさまざまな出来事は、キリコのそんな信念を裏切らないようなことばかりだった。だからこそ、彼女は自分を落としたさまざまな会社も、あの太田にさえも恨みという感情をもったことがない。その自分が男に抱かれ、狂おしげに接吻《せっぷん》される。これが幸福でなかったら、なにを幸福というのだろうか。

キリコは高木に愛されるようになってから、初めて自分は社会に認められたと思った。

来る日も来る日も、白い封筒に入った不採用通知を受け取った時のあの深い孤独感は、思い出そうとしてもすでに遠い。

「もしかしたら、私というのは世の中の人たちとはすごく違っていて、絶対にその中に受け入れてもらえないのかもしれない」

と、恐怖に近い感情さえ抱いたことがあるというのに。

「ひょっとしたら、私って一生結婚はおろか、恋もできないいんじゃないかと思っていたの」

キリコのこんな言葉は、意外なほど高木をおもしろがらせた。

「どうして就職できないことと、恋が関係あるんだい」

彼は笑いながら尋ねた。

「だからね、ハゲの年寄りにも好かれない私が、若い男性に愛されるはずがないと思っていたの」

「そんなことはないよ。ほら」

高木はキリコの肩をひき寄せ、耳に息を吹きかけてきた。男のベッドにいた時だ。

「私って自分では気づかないけど、どっか奇型なのかなぁーとまで思っちゃったんだから」

キリコは甘えて鼻をつぅんと鳴らした。

「そんなこと絶対にない。君はぜんぜん変わっちゃいないよ。女として完璧だよ。それどころか――」

高木はキリコの耳にそっとささやいた。

「やだー、そんなこと言うの」

そしてしばらく二人はたわむれたのだ。

キリコは思う。一流の会社に入る。一人前のクリエイターになるなどということが、どれほどのものだろうか。男に愛されるという事実の前では、すべてが色あせるような気がする。

愛されるということほど、力強い肯定があるだろうか。そしてこれほどの幸福があるだろうか。

人いきれでムッとするような電車の中、キリコは目もくらむような感情に、ただただ酔っていた。

第十一章　キリコ、野心をもつ

キリコが目覚めた時、高木はまだ眠っていた。

鼾《いびき》など聞いたことがない。いつも死んだように眠る男だ。唇もほとんど開かない。なにかに耐えているように、いつもそれは固く閉じられている。

その高木の顔は、身を乗り出すようにしないと見ることができない。なぜなら、ベッドの右側でキリコに背を向けるようにして男は眠っているからだ。

つき合って最初の頃、高木はこんなふうな姿勢ではなかった。いつもキリコをしっかり抱きすくめ、頬と頬をぴったりと重ねるように眠りについたものだ。従ってめざめる時も、キリコはいつも高木の腕の中にいた。そんな時、キリコは自分の呼吸と、高木の呼吸とを一分《ぶ》の隙もないほど合わせようとしたものだ。眠っている高木の方が、息はやや早いような気がする。だからキリコは、時々息を止めて高木の呼吸を待つのだ。しかし、それも五、六回ですぐずれてしまう。

高木は不機嫌そうに言うと、頭からすっぽり布団をかぶった。こんもりとしたふく

「わかったよ。わかったよ。オレはもう寝るぜ」

「そういう人が、どうして寝室まで入ってくるのよ。どうしてそんな嘘をつくの。私がギャーギャー言うと思っているんでしょう。バカにしないでよ、私はね……」

「だから何度も言ったろ。イラストをとりにきた女性編集者だよ」

キリコは何度も高木をなじった。

「ねぇ、誰なの。はっきり言って」

毛。長いそれはキリコのものではない。キリコの髪は短かくてひどく硬いのに、落ちていたそれは頼りないほど細い。そんな髪をしている女に、キリコはいま嫉妬しているのだ。

しかし、今のキリコにはそんな楽しさはない。高木の今の気持ちはすべてこれに目覚めると自分に背を向けて眠っている男――。昨夜、ストッキングの足の裏についてきた髪のあらわされているような気がする。

キリコは高木の頭を軽くつついた。自分にこれほど愛されていることを気づかず、ひたすら眠り続ける男が、幼なく、たまらなくいとおしくなったのもこんな時だ。

「おバカさん」

らみは、駄々っ子がつくる砂山のようだ。そしてそれをどう崩していけばいいかも、今のキリコにはわかる。なぜなら、それはもう何度となく二人の間で行なわれてきた、馴《な》れ合いの芝居だからである。

こうすればいいのだ。キリコは服を脱いで、おずおずとベッドの中に入っていく。

「怒ったの？　ごめんなさい。こっちを向いて」

「怒ってないけどさ、キミがあんまりうるさいことを言うからさ……」

「ごめんなさい。私が悪かったわ。もうしません」

少しもキリコは悪いことなどしていないのだ。しかし、こう言わなければこれから先が続かない。

キリコが高木に謝るのは、早く決着をつけたい、ただそれだけのためである。つまり、キリコはめんどうくさいのだ。とりあえずセックスまでもっていけば、ことはおさまる。激しい感情がいさかいを忘れさせてくれる。そんなことが習い性になって、もう二年がたつだろうか。

確かに今でも自分はこの男を愛していると思う。その愛というのに、どのくらいセックスの魅力が占めているのか、キリコにはわからない。ただ高木に抱かれることは嫌ではなかった。どれほど男が憎いと思い、そのずるさをなじった後でも、男が手を伸ばしてくれれば、キリコの心はたやすく萎《な》えてしまう。そして困ったことに、キリコはそんな自分に満足もしていたのである。

「起きたのか……」

高木がゆっくりと目を開けた。ねばっこい目ヤニがその睫《まつげ》の上にへばりついている。

「雨……、雨は降っていないか」

「明け方近くにはやんだみたい」

キリコはすばやく、高木の目ヤニをはらってやりながら言った。

「あぁ、オレ、もうちょっと寝るよ……キミは会社があるんだろ」

「うん」

キリコはベッドの縁に腰かけながら、煙草を吸っていた。高木と同じハイライトだ。キスする度に感じていた高木の煙草のにおいが、このごろ全く気にならないところを見ると、たぶん自分も同じにおいがしみついているのだろう。

「じゃあ……な」

高木はそういって、再びキリコに背を向けた。毛布の上から見える裸の肩が一瞬波うった。そのとたん、キリコは獰猛《どうもう》な思いがからだを横切るのを感じた。欲望とも違う。このまま背を向けられたままで帰りたくないという思いが、キリコにはきかけたジーンズを脱ぎ捨てさせた。

「まだ、帰らないもん」

キリコはおどけたふうに言い、手を毛布の中にすべり込ませた。三十二歳の男のそれは、ややたがいなく、キリコの手は高木のそれをつかんだ。三十二歳の男のそれは、ややわらかく、無防備なほどであった。

「やめろよォ、オレは眠いんだってば……。昨夜もちゃんとしたじゃないか」

高木は目を閉じたまま、ものうげに言う。その言葉とは裏はらに、高木のそれが硬度を持ち始めたのがはっきりとわかる。それはキリコにいつものことながら、悲しい安心感をあたえる。

こうすればいいのだ。いかにもセックスに溺《おぼ》れる女そのままになって、この男にすがればいいのだ。

五回——これが二年の間に持ち上がった別れ話の回数だ。そして、その何十倍もの回数、自分はそんなふりをし続けたと思う。

「なめろよ」

高木が途中であえぐように言うのもいつものとおりだ。

「いや……」

キリコがいったんは拒否するのも、いつもの流れにかなっている。そして次はこうするはずだ。高木はキリコの髪をやおらわしづかみにし、自分の股間に押しつけるのだ。ほら、やっぱりいつものとおりだ。

高木のそれは、陸に住む魚のようなにおいがする。口に含むと粘りつくような、かすかな塩気が漂う。

初めてこれを知った日のことを、キリコは思い出す。高木に言われたわけでもない。行為の途中で、キリコは自ら身をかがめたのだ。恋人同士はそんなことをするというのは、当然知っていた。しかし、まだそれはキリコにとって「考えられない」知識のひとつにすぎなかった。しかし、キリコは不意にそれをしてみたくなったのだ。その前に、高木はキリコに対して同じことを施《ほどこ》してくれた。そのことへの感謝の思いから、キリコはごく自然に高木の濃い繁みの中に顔を埋めていったのだ。

高木はよほど驚いたらしい。まだ間があると思ったのに、キリコの口の中にまたたく間に放出してしまったのである。キリコは素直にそれを喉でうけとめようとした。しかし、たくさんの草の汁が途中でつかえたと思ったとたん、キリコはむせてせき込んだ。

「ごめん、ごめんよ。大丈夫かい」

あの時、自分の背をあわてて撫でてくれた高木の手のやさしさを、今でもキリコは憶えている。そして、

「いいの、あなたの喜ぶことなら何でもしてあげたいの」

と言った自分の誇らしげな口調も、ちゃんとキリコは憶えている。

「もうちょっと舌をつかってくれよ……。そうそう……そこ」

たった今、低くつぶやく高木の声には、あの頃のような思いやりはない。ただ、快楽だけを追求しようとする者の単純さと、愛されているのがわかりきっている者の傲慢さがあった。手は頭の下で組まれたままだ。髪にも、首すじにも触れられることなく、こうしてひざまずいて、男の性器をくわえる自分は、まるで娼婦のようだとキリコは思う。

しかし、それがどうだというのだ。こうしている限り、頭の中は空白になるのだ。他に夢中になるものがない人間は、それを失う恐怖にうち勝つためなら、どんなことでもするのだから。

明け方やんだはずの雨は、午後近くなってまた降り出した。

キリコはオフィスの窓からそれを眺めながら、原稿用紙に鉛筆を走らせていた。

「北風が来る前に、ちびっ子たちにハイ、プレゼント。秋物《あきもの》衣料オール五割引き」

コンドウスーパーのチラシのコピーだ。この仕事を、三十分ほどでキリコは片づける。考えることも、めんどうくさかった。「たかがチラシ」という気持ちもあるが、毎週出てくる商品が、ほとんど同じなのである。それに「お買い得」とか、「驚きの超価格!」とつけさえすれば、それで毎回のキリコの仕事はアッという間に仕上がった。

「ちょっと、アッコちゃん、チラシリスト見てくれない。秋物子ども衣料、五割引きでよかったのよねぇ。時期がまだ早いから、三割引きのような気もするけど……」

キリコは傍にいる厚子に声をかけた。短大出たての若い娘で、この春から「オオタキ企画」でコピーライターのアシスタントまがいのことをしている。

「は、はい」

厚子は立ち上がりながらも、手から業界誌を放さない。

「早くしてよ。急いでいるんだから」

キリコはやや不機嫌に声をかけた。

「森山さん、今年の東京コピーライターズクラブ賞が発表されましたよ」

厚子は頬を紅潮させている。こういう若い志願者にとって、この賞は自分と関係なくても興奮に価するものらしい。

「ふうーん、ちょっと見せて」

キリコは、「マーケティングと広告の本　アド通信」と表紙に刷ってある、薄っぺらな雑誌をうけとった。

ページをめくる。突然、西川クンの笑顔がとびこんできた。

「今年のTCC新人賞に輝く、西川哲也さん　サンライズ社クリエイティブ室勤務

受賞作品　デンター電器社ポスター、ならびに新聞広告」

そこには書かれている。久しぶりで見る西川クンは、モノクロ写真のせいか年齢よりもずっと大人びて見える。

「ついにやったわね」

キリコは声に出してそう言った。厚子が横でけげんそうに見ている。

「あのうー、誰か森山さんの知っている人がいるんですか」

「うん、この西川クンっていうのは、私のマスコミ専門学校の時の同級生なの。すごく仲がよかったのよね」

そう厚子に説明しながら、キリコはふっと苦笑いした。高木とつき合い出してか

ら、なぜか照れと後ろめたい思いで、西川クンとはずっと疎遠になっていたのだった。

「へぇー」

厚子は目を輝かした。

「サンライズ社っていえば、大きなプロダクションですよね。そこに入って二年で、こんな大きなキャンペーンやらせてもらって、それで新人賞なんてカッコいいですよねぇ。森山さん、すごい人とお友だちなんですね」

一瞬、言いようのない怒りがこみあげてきた。それはおさえることができないほどの強さだった。

なんという馬鹿なことを言うのだろう、この女は。キリコは厚子を睨《にら》みつけた。

この写真の男は、いつも自分にこう言っていたのだ。

「僕に森山さんの半分ほどの才能があればなぁ……」

そしてキリコのことをいつも尊敬し、憧れていたのだ。そんな関係をなにひとつ知らないくせして、軽はずみにものを言う若い女をキリコはとうてい許すことができないと思った。たぶんキリコは、目の前に立っている厚子を睨んだに違いない。彼女はおびえたように目をそらした。

自分の憤りが、どれほど理不尽なものかキリコにはよくわかっている。しかし、どうしようもないではないか。昔の仲間の成功に嫉妬するという人間は、こんなふうにみんな醜い表情に顔をゆがませるのだ。

キリコは自分を必死でなだめながら、再び鉛筆を握った。

「ふー、ふー、お鍋のおいしい季節になりました。スキヤキ用お肉、産地直送のびっくりするようなお値段で……」

突然、スキヤキという文字が紙の上でにじんだ。自分は涙をこぼしているのだ。けれどもいったいなんのために。悔し涙というのは、努力を重ねた人間にのみ許されることなのだ。この二年間、自分はいったいどんな努力をしたのだろうか。キリコがしたことといったら、二週に一回だけチラシのコピーを書くこと、週に一回か二回、高木と寝ることだけだった。野心がなかったといったら嘘になる。しかしそれよりも目先の快楽はいつもキリコの前にぶら下がっていて、キリコはとりあえず「明日」の楽しさだけを手づかみにしようと焦《あせ》っていた。

そんな自分がこんなふうに泣いたりする資格はないのだ。それはよくわかっている。けれども、涙はいつまでもとめどなくあふれてくる。キリコはできることなら、昔の自分にもどりたいと願った。それがいつなのかよくわからない。二年半前、この

「オオタキ企画」に入社した時ではもちろんない。三年前、「ザ・フェイス」に就職がきまった時でもないような気がする。「植毛診療所」に勤めながら、コピーライターをめざしていた時だろうか。それも違う。

キリコは混乱しはじめた。どの時点にもどり、どこからやり直せばよかったのか、皆目見当がつかないのだ。トランプのゲームのように「総替え！」と叫んで、今までの人生を、そして自分自身さえとり替えることができたら。

キリコは二十七歳になっていた。そしてその時まで、自分の過去を悔いるという行為が、これほどみじめなことだと彼女は全く知らなかった。

「お金を貸してちょうだい」

キリコは言った。

「七万円でいいの。今すぐ」

高木は驚いたようにキリコを見た。ビールの泡《あわ》がうっすらと口髭《くちひげ》のあたりに残っている。この頃、高木は髭をはやしている。それは新しい女の趣味なのかキリコにはわからない。

「どうしたんだい、突然」

「どうしてもいるの。お金がいますぐ欲しいの」

「キミね、七万円っていったら大金だぜ。僕だってしがないフリーランサーだからね、そんなに金があまっているわけじゃなし……」

「嘘よ。あなた最近CMのキャラクター商品をひきうけたんだから、七万円ぐらい何でもないはずよ。今日だって、銀行の振り込み通知を私見たわよ」

「怖《おそ》ろしい女だなぁ……。いいよ、貸すよ。だけど何に使うのか教えてくれたっていいじゃないか」

「マスコミ専門学校へもう一回通いたいの。今ね、経験三年以上の人を集めた『プロフェッショナル講座』っていうのをやっているの。その受講料に使いたいの。ボーナスの時にきっと返すわ」

「ふうーん、あそこも阿漕《あこぎ》なことをするなぁ。七万円っていうのは大した値段だぜ」

「だって講師がすごいのよ。服部正幸が専任講師になっているの」

「ふうーん、服部正幸がねぇ……。あの大御所がよく引き受けたなぁ」

服部正幸の顔を、キリコは写真でしか見たことがない。白髪の品のいい容貌だが、やや鼻に特徴があって、大きなワシ鼻は彼を頑固な英国紳士のように見せている。二十年前、アメリカの広告専門書を日本で初めて翻訳し、コピーライターという言葉を紹介したのは彼だといわれているし、一世を風靡《ふうび》したある洋酒メーカーの広告は、すべて彼が手がけたものだ。最近は第一線を退き、ディレクター業を主にしているが、その影響力と知名度は、他の追随を許さないものがある。

「めったにないチャンスだと思うの。こういう講座がなければ、あの人と私なんて永久に会うことがないんだから」

「わかった。わかりましたよ。お貸ししましょう」

高木はわざとらしいため息をひとつもらすと隣りの寝室へ行き、やがてきっちり七枚の紙幣を持ってあらわれた。

「なーんだ、あるじゃない。嘘つき」

「冗談言うなよ。今月の家賃だよ。オレはキミと違って、きまったもんがもらえるサラリーマンじゃないんだから、ある時になるたけ早く払うようにしているのさ」

「それは、それは。ありがたくお借りします」

キリコは金を財布の中にしまいながら、ふと言ってみた。

「これ、手切れ金としていただこうかな……」

「おい、おい。オレがなんでキミに手切れ金を渡さなきゃいけないんだよ。いろいろキミに振りまわされて、金をもらいたいのはこっちの方だよ」

キリコは笑いながら、これは案外高木の本心かもしれないと思った。自分以外の女が、何人かこの部屋に出入りしていることも、高木の心が、もはや自分から離れつつあるのもキリコはすでに知っている。ずっと以前、女が部屋に泊まった痕跡《こんせき》を初めて見つけたキリコが、美加にそれを訴えたことがある。彼女はいつものように、やや皮肉にも見える微笑をうかべてこう言った。

「そうね、キリちゃんの言うとおり、それは末期症状っていうやつかもしれないわね。あなたの恋愛って、気に入ったコートは無いけれど、寒いからとりあえずなんかをひっかけとくっていう恋愛ね」

そうかもしれないとキリコは思う。しかし、この七万円が気に入ったコートを見つけるための金になるかもしれないのだ。

ふと予感めいたものがキリコの頭の中にひらめいた。

「自分はこの金で講座へ通うのだ。そして服部正幸に認められるのだ。それはきっと何かのきっかけになる。自分は大きな幸福をつかむかもしれない」

この時のことを思い出すと、キリコは少し不思議な気分になる。あの時、自分にありありと見えたものは、本当に予感だったのか、それとも願望というものだったのか。願望というのは、時としてはっきりとした光景をうかびあがらせるものだ。それに予感というと、あまりにも傲慢な気がするので、この時のことは願望だとキリコは思うようにしている。

その日、キリコは緊張していた。もうじき服部正幸の講義が始まるのだ。生徒はキリコの他に十名足らずしかいない。

「この中でいちばんになるなんて、簡単なことだ」

キリコは不遜《ふそん》なまでに強く思った。他の生徒を見わたしても、キリコより才能がありそうな人間はただの一人もいない。キリコは久しぶりに、自信と勝気さとが自分を充たし始めたのを感じた。その彼女の視界の中に、やがて一人の男が入ってきた。写真で見るとおりの端正な顔に、素晴らしい仕立てのスーツがよく似合う。

「みなさん、お待たせいたしました。私が服部でございます」

キリコはその時、自分も含めて教室中の人間が上気して頬を染めるのを見た。

「ええ、今日から何回かみなさんに広告のお話をするわけですが、もう実際にコピーを書いていらっしゃるみなさんならよくおわかりのとおり、広告というのは勉強したからといってうまくなるわけじゃありません。自分の持っている資質をどうやって表現するかというのが、いちばん必要なわけです」

なめらかな口調だった。キリコはその時、服部の視線が、自分のところで止まったのを感じた。

「先生は私を見ている」

キリコには確信があった。居並ぶ生徒の中で、自分こそがいちばん輝いた表情をしているはずである。なぜなら、キリコは誰よりも欲しているからだ。それがなになのか見極めることができないまま、涙ぐみたいほどの気持ちで、いつも自分は欲している人間だった。それが他人にわからぬはずはない。ましてや、服部ほどの鋭いクリエイターだったら、自分の視線や身のこなしから、必ずやすべてを感じとってくれるはずである。

キリコは待った。服部が声をかけてくれる日まで、実に辛棒強くキリコは待ち続けたのである。他の生徒たちは、講義が終わるやいなや、いつも服部をとり囲み、

「先生、お茶を飲みませんか。お話を聞かせてください」

などと口々に叫んだりしていたものだが、キリコは決してその中に入っていこうとはしなかった。

「選ばれる人間は、静かに待っていればいいのだ」

この驚くほどの自信は、突然自分の中に生まれてきたものだとキリコには思えな

い。実は自分ほど、生まれつき自信とプライドをからだ中に張りめぐらした人間はいないのではないかと、その時のキリコは考えるようになった。それを持っていたとしても、育《はぐく》む土壌《どじょう》をいっぺんもキリコは得たことがなかったのだ。思いかえせば、何年も前、マスコミ専門学校で優等生と騒がれたのが唯一キリコが持っている記憶だ。蒔《ま》かれることのなかったキリコの種子は、いつも空中をさまよっていたような気がする。そしてさまざまなまわり道をしたのだ。

そして、ついに待っていた日がやってきた。廊下の途中でよびとめられて、キリコは服部から名刺をもらったのである。

「今度いちど遊びに来なさい」

服部の目は微笑《ほほえ》んでいた。その目からキリコはなにかを探《さぐ》ろうとしたのだが、服部はそれほどたやすく見せなかった。はぐらかすような微笑を頰に残したまま、その場から遠ざかっていったのである。

キリコは名刺を手に持ち、しばらく立ちすくんでいた。

あまりにも多くのものを期待してはいけないとキリコは思う。けれども、とにかくキリコの願いごとはひとつかなったのである。

服部の事務所は銀座にあった。白と黒だけで統一された部屋の中には、場違いと思われるほどきらびやかな色をした、トロフィーが飾ってある。これは服部が受賞した、数々の国際コンクールのトロフィーなのだ。

「まあお座りなさい」

服部はソファを指さして言った。自分は機嫌よく香りの強い外国煙草をくゆらしている。

美しいほっそりした女が、コーヒーを出してくれた。隣りの部屋には、何人かの男たちが忙しげに立ち働いているのが垣間《かいま》見える。

「いつも注意してるけど、あなたの書くものみんなおもしろいねぇ。たとえば、僕が課題で出した松任谷由実のLPジャケットのコピー。君は『遊民《ゆうみん》』とひと言だけ書いてきたでしょう。こういう発想というのは実にユニークで好きですね」

唐突ともいえる率直さで服部は言った。顔はあいかわらず微笑をたやさない。

「ありがとうございます」

キリコは頭を下げた。

「ところで、あなたはいまどこにお勤めしてるの」

「『オオタキ企画』というところです。たぶんご存じないと思いますけれど」

「うーん、知らないねぇ――」

服部はさらに笑いを濃くした。なんだかからかわれているとしか思えないこともない。

「ズバリ聞くけれど、あなた、そこの会社を辞《や》める意思はないの」

服部はいつのまにかソファから身を乗り出すようにしていた。

「え、ええ。そりゃ、他にいい勤め先があったら、もちろん変わるつもりはありますけれど……」

「そう」

服部は大きくうなずいた。微笑が消えている。

「えー、僕がディレクターとして、プロジェクトチームをつくらなきゃならない仕事があります。来年ぐらいまでかかる、イベントがらみの大きなやつです。このスタッフのコピーライターが足りないんです。どうです、一緒にやってみる気はありますか」

服部はまっすぐにキリコを見ていた。口元は相かわらず微笑をたたえているが、目にはビジネスマンの鋭さが宿っている。

キリコは激しい喜びを感じた。こんな目をもつ男と一緒に、自分は働くのだ。こんな目をもつ男に自分は選ばれたのだ。

「先生、ぜひお願いします」

キリコははじかれたように立ち上がって、服部に頭を下げた。なにか大きなものに、深く感謝したいような気持ちだった。


キリコは服部正幸の事務所に、半年ほどいた。来春売り出される新しい化粧品のために、キリコは五本のポスター、十数本の雑誌広告、そしてさまざまなチラシやダイレクトメールをつくった。それは確かに、新人のコピーライターが手掛けるには、破格の質と量の仕事といってよかった。

服部と契約した期間が終わろうとしていた頃、キリコは彼に昼食を誘われた。

「おかげで今回のキャンペーンも終わるわけだけれども、今後もつきあってくれるだろう」

「はい、喜んで」

「たぶん、レギュラーとして月にポスターが一本、雑誌広告が一本入ってくると思う。新製品キャンペーン中は、仕事の量が量だったから、あなたを嘱託《しょくたく》として使ってきたけれど、次回からはフリーとして、一本一本契約しよう。いいね」

「はい、よろしくお願いします」

「ギャラはポスターが二十万、雑誌が十万でいいだろうか」

キリコは思わずナイフをとり落としそうになった。十万円といえば、ふつうのOLの一ヵ月分の給料である。それをたった一行の文章を書くことで稼ぎ出していいのだろうか。そんなことが本当に許されていいのだろうか。幸運はそれだけではない。

「僕の友人で、吉田エンタープライズのディレクターがいるんだけれど、今度のオカザキ・ファッションの仕事をあなたと組みたいといってるんだ。電話番号を教えてもいいかな」

「はい、ぜひお願いします」

キリコは切り刻んだ魚の味がわからなくなってしまった。

自分は少しも変わっていない。それなのに、周《まわ》りの人々のこの変容はどうだ。みんながキリコの仕事を誉《ほ》め、二言目には「将来性がある」と言ってくれる。彼らに、「ザ・フェイス」で涙ぐみ、「オオタキ企画」でふてくされて漫画を読みふけるキリコを見せたら、いったいどんな顔をするだろうか。

「森山君」

不意に服部が言った。

「あなたもフリーランスになるんだったら、やっぱり賞をとらなくちゃいけませんね」

「賞っておっしゃいますと……」

「もちろん、ＴＣＣの新人賞ですよ」

それはキリコにとって、かなりの禁句だった。西川クンの受賞に発奮して「プロフェッショナル講座」に通い、幸運のきっかけをつかんだキリコではあるが、やはりあの時の醜くゆがんだ自分の顔は忘れられない。賞のことを意識すれば意識するほど、そのことは忘れようとした。それは華やかな場所とは無縁に生きてきたキリコの保身の術だった。

キリコは必要以上に注意深くなっていた。

「でも、あのう……」

キリコはできるだけ謙虚を装った。

「私なんか、たぶんまだ無理だと思います。作品の数は少ないですし、顔や名前も売れてませんから……」

「いや、大丈夫でしょう」

服部はきっぱりと言った。

「今度の仕事でポスターが五点あったね。あれでいいです。必ず賞をとれます」

「ああ」とキリコは、叫び声をあげそうになった。服部が賞の審査委員長だということをすっかり忘れていたのだ。

「とにかく僕にまかせておきなさい。悪いようにはしません」

それから三ヵ月後、キリコはカメラのフラッシュを浴びていた。以前、西川クンが載っていたのと同じ雑誌「アド通信」のインタビューなのである。

「森山さん、新人賞おめでとうございます。今年はなんと女性が一人だけなんですよね。今の気持ちをなんかおっしゃってください」

老《ふ》けた顔の女性記者が、手帳を片手にのぞき込むように聞く。

「運がよかったと思います」

キリコは答えた。本当にそれにつきるのだ。

信じられないほど次から次へと、さまざまなツキがキリコのところへ舞い込んだのである。しかし、それになんの不思議さも感じないほど、ゆったりと構えている自分にキリコは驚いていた。

本当に恵まれている人間というのは、その渦の中で悠然《ゆうぜん》と構えていればいいのだ。

そんな真実をキリコがからだごと知るのに、それほど時間はかからなかった。

キリコはほどなく、さらにスケールの大きな幸福を次々と手にしていくのだ。

第十二章　キリコ、街をひとりで歩く

わずか一年の間に、キリコは二回引越しをした。

代々木の一DKのアパートで、初めてキリコは風呂がある生活というのを味わい、そしていま、キリコは麻布《あざぶ》のしゃれたマンションの住人となっている。

そこは広々としたリビングルームと、ベッドルームがあり、窓を開けると空を分割するように立っている東京タワーが見えるのだ。

「すごいわねぇー、あんた。学生ん時の、池袋のあの汚ないアパートとはえらい違いじゃない」

浅草から遊びに来た京子は、興奮してベランダを出たり入ったりした。

「ホントに自分でも環境の変化に驚いちゃうわ」

そう言いながらキリコは、カップに紅茶をそそいだ。紅茶は「フォション」で、茶受けは近くの「キャンティ」で買ったチーズケーキだ。たった三口で食べられる大きさなのに、四百五十円もする。今日は京子が来るために、特にふんぱつしたが、こんな贅沢は、最近のキリコにとってそう珍しいことではない。

「そう、ホントにあんたってお金持ちになったのね……」

京子はしみじみとキリコを見る。その言葉はもう何十回となくいろいろな人からキリコに対して発せられたものだ。しかし、京子には彼らが例外なく含ませた揶揄《やゆ》や、皮肉のにおいがない。なにしろ、彼女がキリコに嫉妬したことなど、ただの一度もないのだから。

「ねぇー、フリーのコピーライターってそんなに儲《もう》かるの」

京子はケーキをほおばりながら言う。

「うん、儲かる」

「ま、はっきり言うわね」

「だって本当なんだもん」

「他の人も、キリコみたいにいい思いしてるの」

「私は特別みたいよ。いいスポンサーもついているし、仕事はコンスタントにある。やっぱり賞をとってから、がぜん忙しくなったわね」

「ふうーん、まさかあんたに、こんな器用なことができると思ってなかったわよ」

「私だってそうよ。いちばんびっくりしているのが私なんだから」

本当にそうなのだ。最近のキリコは、

「要領がよく、強引でしたたかな女らしい」

と業界でささやかれている。

私がしたたかな女ですって――。最初にこの噂を聞いた時、キリコは笑い出したくなった。就職ひとつ満足にできず、男には捨てられ、会社も変わらなければいけなくなった自分が！　怒りと驚きがおさまった後、キリコはひとつの結論にたどりついた。

自分は確かに成功への道を歩みはじめたのだ。なぜならば世の人々というのは、成功というのに、いつも「したたかな」という理由をつけたがるし、そのことによって成功した人間を非難するのである。

「結局、私ってうまくいってるのよねぇ……。それも急激に」

キリコはカーペットの上に寝ころがった。上等のシャギーは、ふわふわとやわらかい。

「よかったじゃないの。就職できなくてピイピイ泣いてたあの頃と比べると、今はまるで夢のようでしょ。それにこういうことは、すべてあんたが昔からのぞんでいたことじゃないの」

「え、私が、いつよ⁉」

キリコは思わず起き上がった。

「学生の頃、私がなにを望んでいたっていうのよ。私そんなに野心家の女じゃなかったわ。せいぜい、マスコミに就職したいってその程度のことだったわよ」

「いや、あんたは確かに野心的な女だったわ」

京子はきっぱりと言う。

なんだか狐につままれたような気分だ。自分のことをいちばん理解してくれていると思っていた京子さえ、キリコの過去ごとすっぽりと、成功した女のそれにすり替えてしまおうとしている。

京子は忘れたのだろうか。学校前のパーラーで、ストローをくわえながら涙ぐんでいたキリコを。就職できないで電話番をしている時、キリコが彼女にあてた手紙。

「私は平凡な幸せでいいの。そんなにたくさんのことを望んでいやしないわ。たとえば、ここの社長と結婚して、電機店の奥さんになるのもいいと思うの……」

それを京子は忘れてしまったのだろうか。

「いや、あんたはそんなに可愛い女じゃなかったわよ」

彼女はきっぱりと言いはなった。

「こうなりたい自分っていうのが、ちゃんとあったもん。本人は気づかなかったかもしれないけど、そのエネルギーたるや、すさまじかったわねぇ」

「うそよ、うそ、うそ！」

キリコは叫んでいた。

「私って、本当にドジでつまんない女だもの。オトコがいつも言うわ。『お前って、どうしてそんなにバカなんだい。世間じゃキャリア・ウーマンとか騒がれているのが、信じられないよ』って……」

「男っていうのは、自分の女にはいつだってそう言うわよ」

京子はぴしゃりと言う。

「ところで、オトコとは結婚するの？　あんたたちだって、相当長いじゃないの」

「わかんないわ」

キリコはため息をついた。

「たぶんしないと思う。あの人、まるっきりそんな気がないもの。私は結婚したら、いい奥さんになれると思うんだけどな」

「だめよ、あんたにそんなことできるはずないわ。私にはできるけどね……」

「京子、あなた結婚するの？」

「ふん、結婚たってつまんない結婚よ。うちみたいなところじゃ、養子をもらうより他にないものね」

京子はいつものように唇をゆがめて笑った。その表情に、色濃く照れがあらわれているのを、キリコは見て悟った。

「おめでとう。ね、どんな人なの。結婚式よんでくれるんでしょう。ね、いつなのよ」

「日取りなんか決めてないわよ。見合いだもん、これから少しずつ相手のことを知らなきゃなんないんだからね」

京子はムッとしたように言う。それが嬉しい時の彼女の癖なのだ。

「そうか、ついに京子が結婚ねぇ……。あたしゃ感慨無量よ」

キリコは再びカーペットにたおれ込んだ。なんだかワッと叫びたいような気分だ。

「なに言ってるのよ。私もあんたも、もうじき二十八歳なのよ。〝ついに〟っていう年齢じゃないわよ」

「いやぁ、京子サンの場合は、やっぱり〝ついに〟っていう感じですよ。あれほどわがままな家つき娘が、お嫁さんになるんですからね」

「よく言うわよ。私はあんたよりずっと結婚に向いている女よ。自分以外の人間を、愛するっていうことをちゃんと知ってるもん」

「なによ、京子。なんで今日に限って、あなたそんなに私につっかかるの」

「つっかかってなんかいやしないわ。あんたと会うこともうあんまり無いと思うから、本当のことを言ったまでよ」

京子はライターをとり出し、静かに火をつけた。

「あんたって、結局はかわいそうなコよね」

静かに言った。

「きっと、ふつうの人のような幸せはこないと思うわ。昔からそんな気がしていたけど、今ははっきりとわかるわ。あんたって野心的な人間よ。そしてそれに見合うだけの成功は、ちゃんと用意されている人間よ」

「なにを馬鹿なことを言ってるのよ。私はだいいちねぇ……」

とキリコは言いかけ、ふっと口をつぐんだ。自分を見つめている京子に、はっきりとした憐憫《れんびん》の表情がうかんでいるのである。そしてそんなふうな顔をした人間に、キリコは逆《さから》うことができないのである。

京子の予感は早くもあたった。

その電話は、ある日突然かかってきたのだ。

「もしもし、私は知泉社出版の桐原《きりはら》と申しますが、憶えていらっしゃるでしょうか」

低い男の声は、キリコには聞き憶えのないものである。

「いつぞや、パーティーでおめにかかったことがあると思いますけれど」

「ああ、あの時の方ですね。失礼しました」

「あれから森山さんのことを、気をつけて見ているようにしているんですが、いやぁ、あなたの書くものはおもしろいですねぇ」

「そうですか。私のコピーっていうのは、まだまだだって、よく他人《ひと》から言われるんですよ」

「いや、僕が注目しているのは、あなたのコピーじゃありませんよ。森山さんがよく業界誌で書いてらっしゃるエッセイ。あれを読んで、僕は笑っちゃいましてねぇ。いや、本当におもしろい。大したもんです。特にあなたが、広告業界の男性に対して、チクリと冷やかす文章があるでしょう。『あんたたちはとんでいるつもりかもしれないけれど、現実っていうのはそんなもんじゃない。結構みんな空《むな》しいことをやっているはずだと思うわ』というような考え方が僕は好きなんですよ。ああいう感覚っていうのは、今までになかったものだし、実に現代的だと僕は思いますね」

男の饒舌《じようぜつ》にキリコはややとまどっていた。

人に紹介されて、たった一度だけ会った男。四十歳ほどの小太りの、温厚そうな顔つきをしていた。

「はぁ……、どうもありがとうございます」

やっとキリコは返事をした。次の瞬間、男は意外なことを口にしたのである。

「森山さん、うちであなたのエッセイ集を出そうと思っているんですよ」

「エーッ、私のですか」

「そうです。これは売れますよ。二弾、三弾というふうにも出していただきたいんですよね」

「でも私、本なんか書いたことがないんですよ」

「だからこそ、うちでデビューしていただきたいんです。わが社は新人づくりで定評がありましてね、森山さんのことも大切に育てていくつもりですよ」

「はぁ、どうも、どうも」

気持ちがうわずって、言葉がうまく出てこない。自分が本を出す、自分の書いた本が店頭に並ぶ。そんなことが本当に起こるのだろうか。キリコは自分を次から次へと襲う幸運の量と速さに面くらってしまった。

「それではお引き受けいただけるんですね」

「はい、もちろん」

「そうですか。それでしたら、近いうちにぜひ私どもの編集長ともども、詳しい打ち合わせをさせてください」

男の電話はそう言って終わった。

切れた受話器を手に持ったまま、しばらくキリコはたたずんでいた。

今あったことは、すべて嘘のような気もするし、しごく当然のような気もする。自分が認められ、チャンスをあたえられることに、その頃のキリコはかなり慣れていたのである。

「そうか、私、ついに本を出しちゃうんだわ」

そうつぶやいたとたん、キリコは軽く身ぶるいをした。興奮だけではない。電話の前に立つキリコは、裸にパジャマの上だけひっかけた姿だ。床板の冷たさが足元から伝わってくる。

「ああ、寒」

キリコはベッドにもぐり込んだ。ふとんの中は火が入っているように熱い。中に裸の男が横たわっているという思いと事実は、とにかく熱いのだ。

「ねぇ、今の電話聞いてた？」

キリコは高木の肩をゆさぶった。

「う、うん……。眠ってたよ」

高木は目を閉じたまま答える。

「つまんない人！　私、今ねぇ、知泉社から電話があったのよ。私の本を出したいんだって。それからいっぱい応援してくれるんだって」

「ふうーん、よかったな」

口ではそういうものの、ぐるっと寝返った背中が、すべてを物語っていた。

「こら、起きなさい。起きてちゃんと話を聞きなさい」

おどけた調子でキリコは高木の肩ににじり寄り、軽く噛《か》んだ。ついでに手を伸ばし、股間のものをやわらかく握った。

「だめだよ」

不意にはっきりした声で高木が言った。

「そんなことをしていると、本が出せなくなっちゃうよ」

五ヵ月後、キリコは新宿の大きな書店にたたずんでいた。手には発行されたばかりの、「女の幸せ入門」という本がある。この著者はなんとキリコなのだ。

自分の書いた本を、そしらぬ顔をして読む。こんな晴れがましさは、もちろんキリコが初めて経験するものである。

「嬉しいなぁー」

しみじみと思う。

「ついに本が出せたんだものね。たぶんそれほど売れないと思うけど、とにかく私は一冊の本の著者なのよ」

真昼の書店は、若者たちでごったがえしているが、キリコの本の前で立ちどまる者はほとんどいない。しかし、キリコは少しも不満ではなかった。本が出せたという思いは、さまざまな世俗的なものを超えて、キリコの胸の中へまっすぐに入ってくる。

「いいのよ。本が書けたのよ。売れる、売れないなんてことは関係ないわ」

しかし、キリコは自分のこの言葉を、すぐに撤回しなければならなくなった。

キリコの本が、マスコミで大反響をまき起こしたのである。

「今までにないユニークな本」

といって、さまざまな雑誌が書評にとりあげてくれた。キリコのところにくるインタビュアーも多い。それなのに、本の売り上げは全く伸びないのである。

「どういうことなんですか」

キリコは桐原に電話で何度も尋ねた。

「みんなが、おもしろい、おもしろい、って言ってくれるのに、店に私の本がまるっきり置いてないんですよね。売り切れたら売り切れっぱなしだし、いったいどうなっているのかしら」

「それはね。本の流通というのはむずかしいものなんですよ」

キリコの見幕にやや鼻白みながら、それでも桐原はていねいに説明してくれた。

「こちらから本屋さんにおしつけるわけにはいきませんからね。本屋さんが注文してくれなければ、一冊だって置けないいんですよ」

「じゃ、どうして、私の本を注文してくれないいんでしょうか」

「それはきまっていますよ。森山さんがまだ無名の新人だからです」

それはわかっているけれど、とキリコは思う。あれほどたくさんの人が、「おもしろい」と言ってくれた本なのである。なぜ本屋にはわかってもらえないのだろうか。あれほど本をほめられなければ、これほど積極的な気持ちにはならなかったと思う。今のキリコは、駅前でビラ配りをしたいような心境にさえなっているのだ。

キリコの第一作め「女の幸せ入門」が、「爆発的売れゆき」といわれるようになったのは、発売してから半年もたった頃である。それはキリコが「マスコミの寵児《ちょうじ》」とよばれ始めたのと、時を同じくしている。

雑誌を開けばキリコが、テレビをつければキリコが出てくると、友人たちはうんざりしたように言う。自分さえもそう思うのだから、他人が思わないはずがない。

とにかく、信じられないほどキリコは売れ始めたのである。

「自分のどこがいいのだろうか」

と、キリコは深く考えないことにした。ただひとつ、〝時代〟が自分に味方してくれていることはぼんやりと思う。かつては自分にさんざん意地の悪いことをし、ついには一人のOLにさえしてくれなかった〝時代〟が、いまや彼女にぴったりと寄りそおうとしているのだ。

「ねぇ、森山キリコの男でいるって、どんな気分」

キリコはふざけて高木に聞いた。この原宿のバーにたどりつく間に、キリコは少なくとも五人以上にサインを求められたのである。

「おそれおおいと思いますよ」

高木はニッと笑う。疲れたような笑いだ。ほんの少し、背中も丸まっている。

「ねぇ、私のこと愛してる」

キリコは聞いた。「愛」という言葉をたえず舌の上でころがすのは、すでに彼女の癖なのである。

「たぶんね」

「たぶんじゃダメよ。ちゃんと『愛している』って言ってくれなきゃ」

「そんなこと、オレはどんな女にだって言ったことがないよ」

「私は特別じゃないの」

「そうだよ、もちろん。だけどオレはそういう性格なんだよ」

高木の言い方は早くこの話題を打ち切りたいというようなやさしさがあった。だからこそキリコは言ったのだ。

「ねぇ、私と結婚してくれない」

「えっ」

高木は心底《しんそこ》驚いたように、まじまじとキリコを見つめた。その無邪気さは、彼女の心を傷つけるのに十分だった。しかし、キリコはもうひるまなかった。高木とつき合って四年間、致死量にはいたらないほどの血を、いつも流してきたような気がする。

一度思いきり壊してみたら、それでも自分は生きていけるのだろうか。キリコは試してみたかった。

「結婚なんて……。オレがそういうタイプの男じゃないっていうのは、キミがいちばん知っていると思っていたよ」

「だからこそ、その私と結婚すればいいのよ」

そんなことを言いながら、キリコは高木と結ばれることを少しも望んでいない自分に気づいていた。けれども今日こそはっきりさせておきたいのだ。電話を何時まで起きて待っていればいいのか、心が冷えるような朝を、あと何度迎えればよいのか。

しかし、キリコより早く、高木がその答えを言った。

「オレたち、もう会わない方がいいんじゃないかい」

「ふん、私が結婚を持ち出したからおじけづいたのね」

高木の言葉は十分予想されることだったので、心の準備はとうにしていたキリコだった。

「嘘つきね。私のことを愛してるとか、好きだとか言ったくせに」

それにもかかわらず、キリコはこういう時の女が誰でも口にするような言葉で、高木をなじる。

「それは嘘じゃない。だけど――」

この人はいま、追いつめられた動物のような眼をしている、とキリコは思った。

「キミといると、いつも責められるんだよ。そりゃ口に出しては言わないけれど、『もっと愛してよ』、『もっと私につくしてよ』と要求しているんだよね」

「そんなことないわ」

キリコは思わず大きな声をあげた。

「私、あなたに対して一生懸命だったじゃない。いつだってあなたの喜びそうなこと、先まわりしてやってきたと思うわ」

「それは自分がやりたかったからだと思うよ」

高木は言った。それは聞きようによっては非常に冷たい言葉であるが、高木の声にはなぜか誠実な響きがあった。

「いつもキミはそうだったよ」

懐しむように言ってくれるのが、せめてもの救いだ。

「オレのためになにかをする自分っていうのに、まず酔ってしまうんだよな。この人は、本当はオレのことを好きじゃないんだ。オレのためになにかをするのが好きなんだって、よく思ったもんさ」

「そんなことはないわよ」

キリコは弱々しく言った。

「とにかく、キミはいつでもこうなりたいっていう自分があるんだよ。そしてそれに添って恋愛したり、生きていくのが好きなんだよ」

これと同じような言葉を、以前京子からキリコは言われたような気がする。

キリコは目の前の高木をじっと見つめた。そんなふうな冷静さと分析力は、もはや恋をする男のものではないと思う。

自分はきっと高木と別れるだろうとキリコは思った。しかし、この場では嫌なのである。自分の中からなにかが失なわれていくのは、すでに今のキリコには耐えられないことなのだ。

「ゆっくり考えたいの。先に帰っていいかしら」

キリコはゆっくりと椅子から立ちあがった。

「だいじょうぶかい。送っていくよ」

高木の声を無視して、キリコはふらふらと外に出た。

自分という人間は、いつも他人によって謎解きされていく。

ほんの少し前までは、キリコは自分ほど純粋で小心な人間はこの世にいないと信じていた。いくつかの成功も、こうした「無欲の勝利」めいたやさしさが勝ち取ったものだとキリコは思っていた。

それなのに、人々から語られるキリコというのは、なんと強さに満ちているのだろうか。

キリコはやっとわかりかけたのだ。

自分ははかなげな人間ではない。求めるもののためには、ひたすら前だけを見て進んできた。

しかし、自分の求めていたものとは、いったい何だったのだろう。

キリコのそれは、そのたびごとにめまぐるしく変わっていったような気がする。

仕事、金、肉欲、名誉……。けれども誰が自分を責めることができるだろうと、キリコは思う。それが欲しいと思う時、いつもキリコは空っぽで、ひもじかったのだ。余裕をもって、自分の欲望を見つめた時などただの一度もない。

けれども今は違う。キリコはビルの壁にもたれて、夜空を眺めた。冬のつきさすような風が頬にあたるが、イタリア製の革のジャケットを着ているキリコはあまり寒くない。なんといろいろなものを手に入れてしまったのだろうとキリコは思った。

それなのにどうしてこんなに淋しいのだろうかとキリコは思った。

いま男と別れてきたばかりだからだろうか。

いいや、違う。求めるものがさらに大きくなった人間の悲しさなど、誰にもわかるはずがないのだ。

東京には珍しく、空の星は息をのむほどの美しさと大きさで輝いている。

自分はこれから一生、手のとどくはずがない星をとろうとあせる人間になるだろう。キリコはぼんやりと予感した。

ひとつかみの成功と引き替えに、その責め苦をこれからキリコは負っていくはずである。たぶんずっとひとりぼっちで。

自分と高木は、おそらくもう会うことはないだろう。

男の愛などで満足できない女になってしまったことを、高木はキリコより早く知りぬいていたからだ。

「まぁ、きれいなお星さま。明日も天気になるといいな」

キリコは口に出して言い、自分のそらぞらしさに思わず苦笑した。

あとがき

　それは昨年の春のことだった。「小説現代」の川端編集長から小説を書くことをすすめられた。

「それも長篇の方がいい。四百枚を書きなさい」

　初めて出版したエッセイ集がかなりの評判になり、マスコミに売れ始めていた頃だった。私ははにかみと、ささやかな成功を守ろうとする保身とがごっちゃになって、なかなか首を縦に振らなかったと思う。

「私は今まで小説なんて書いたこともないし、これからも書く才能も意志もありません」

　私は言った。

「いや、今まであなたが書いたエッセイの、〝私〟という一人称を三人称にすれば、それでいいんですよ。それで小説になりますよ」

　こうして出来たのが、「星に願いを」である。人によっては、これは小説ではないと言うかもしれない。そして、もし私がこれからも文筆にたずさわる仕事をするなら

ば、あと何年後かには、

「〝若書き〟にしてもひどすぎる」

と顔を赤らめる部分が山のように出て来るであろう。けれども、それにもかかわらず私はこの本が可愛くてたまらない。それ以上に自分自身がいとおしくてたまらない。

これほど正直に自分を綴《つづ》ることができるというのは、まぎれもなく若さであろうし、このひたむきさこそは、もうじき私が失うであろうきらめきではないだろうか。

一九八三年、私は〝時代の寵児《ちょうじ》〟と人々から言われもてはやされた。そして同じ人々からもれる残酷な一言もはっきりと聞いた。

「あの女は、あとどのくらい持つんだろう」

消えることなど少しも怖くない。その輝きの最中に、私は確かに小説、四百枚の小説を書き残した。それを記憶してくれる人々が何人かいればそれでよいのである。

最後に、私のデビュー以来、たえず温かいまなざしをそそいでくださった「小説現代」川端編集長、寝食を共にして励ましてくれた同誌編集部河合真理子嬢、そして出版部宇山氏に感謝いたします。

そして小説の中のキリコとは違い、本物の一流コピーライター、梅本洋一兄イ。

「星に願いを」の広告を引き受けてくださったばかりではなく、文中の「遊民」というコピーを貸してくださいました。本当にありがとうございます。

一九八四年一月四日

林　真理子

解説

山田詠美

テレビ化された「星に願いを」の第一回目を私は沖永良部島の民家で、男とふたり、やもりを追い払いながら、にがうりをつまみにして、酎ハイを飲みながら、ぼんやりと見ていた。ああ、あの話か。小説は既に雑誌で読んでいたので、私はそう呟いた。あの話って何だよと男が聞いた。売れないコピーライターがどんどん有名になっちゃう話よ。いい小説よ。せつないの。ふうん、と男はつまらなそうに言って、明日の海はどうかなあと続けた。何故、それがせつないのか、その男にはまったく理解出来ないらしかった。彼は私が小説家になりたいだなんて思っている事をまったく知らないし、それに私はその時、一字の言葉すら原稿用紙に綴った事もなかった。おい、やばいぜ。明日あたりから台風になっちゃうかも。彼は空を見て言った。この男は私が島と海に夢中な、取り得といえば真っ黒に焼けた肌と男好きの軽いお尻しか持ち合わせない、海岸《ビーチ》によくいる種類の女の子だとしか思っていなかったのだ。

彼の予想どおり、二日後に台風はその小さな島を直撃し、飛行機は飛ばず、私達は鹿児島まで二十時間近くも振り子のように揺れる船の中で横になっていなくてはならなかった。周囲の人々は全員船酔いである。波は船よりも高い。平気なのは私とその男だけである。漁師になりたいと言う程、海の好きなその男は当然としても、タクシーに乗るだけで気分の悪くなる私は自分自身が信じられなかった。彼は真っ黒に陽に焼けて、潮焼けした髪は金色になっていた。そして缶ビールを飲みながら私の手を不真面目にも握ろうとする。そういう場合、うふふと笑ってもっとふしだらな事をし返すのが常であるのに、その時、私はあろう事か林真理子という名前を心の中で反芻《はんすう》していたのである。そして、私の大好きな事をしようともせずに歯がみをしていたのだ。ああ、せつない。私は思った。何ヵ月も海を見て暮し、金色に陽に焼けて、男が私の手を握っている。だのに、何故、こんなにせつないのだろう。揺られる船の中で考えているうちにその理由が見えて来る。自分は今、一番したいと思っている事をしていないのだ。そして、それは小説を書くという事なのに、遊びにかまけていて原稿用紙を買う事すらしていないのだ。でも、何故、書かないのだろう。それは、書けないという事を自分で知っているからだ。

お前って変な奴。少しもその気にならない私を見て男は不貞腐《ふてくさ》れて呟く。ああ、と私は溜息をつく。彼女、小説を書いたんだ。作家になっちゃったんだわ。知り合いでもない林真理子さんを私は「彼女」とその時、呼んでしまったのを覚えている。それが「彼女」を意識した最初である。それまでも何冊か林さんの本は読んでいたが、それらは軽いエッセイで、サクセスしたおもしろくて勘の良い人と思っているだけだった。「彼女」なんていう呼びかけは、どこをどう押しても私の口からは出ては来なかったのである。

この船の上での事を私は明確に覚えている。何故なら会ったこともない女性に嫉妬に近い感情を抱いたのは生まれて初めてだったからである。しかも、男がらみではなく!!　ああ、私も小説を書きたい。そして、自分の才能を皆に認めさせたい。（認められたい、ではなく認めさせたいと思う所が私の態度の大きい所である）実際に、処女作を書き上げるまで私の心の中には常にこの思いがあったと思う。

よく人に尋ねられて、私には習作も下積みもありませんと答える。これは事実である。私が小説を書く時は、それはプロフェッショナルとして人に認めさせる時である、そう思っていた。今、考えれば本当に身の程知らずな話だが、当時は本気だった。もし、私に下積み時代があるとすれば、焦燥感を心の中にいつも溜めていたこの長い時期だったと言える。その頃、私は人に侮辱される度に（ナイトクラブに勤めていたのでそういう事は日常茶飯事だった)、今に見てなさいよ。私は、そのうち、林真理子みたいに有名になっちゃうんだから。(もちろん当時はただの読者なので敬称略である)と、そう心の中で叫んでいたのだ。

そして、今、私は林真理子さんの文庫の解説を書いている。なんて不思議だろうと思う。ぼんやりとあの小さな島で少しの嫉妬を持ちながら見ていたテレビ番組の原作の解説を書くなんて! にがうりを食べて顔をしかめているあの時の自分に、この事を知らせてやったら卒倒してしまうだろう。そして、あの時の男に同じようにこの事を知らせてやったら、私が何故、せつないと言ったかが解ってもらえるだろう。しかし、彼とはその夏が終わると同時に別れてしまった。今、どうしているのかまったく知らない。きっと、彼は今でも私を頭とお尻の軽い変な女の子として心の片隅に記憶しているに違いない。

ところで、私が林真理子さんに初めてお会いしたのは、林さんが直木賞作家になる前夜、の事である。私は図々しくも処女作で芥川賞作家になるのではないかと期待し、そして期待され、某雑誌の対談に出席させていただいたのである。作家と呼ばれるようになって何が緊張するかといって、対談程緊張するものはない。私のような成り上がり者にとって、目の前に座られる方々は、本当の作家なのである。私はほんの数ヵ月前までは、彼らのただの読者だったのだ。彼らの名前を呼び捨てにし、したり顔で感想を述べて来た、身の程知らずな読み手だったのだ。

林さんの時ももちろん緊張した。沖永良部島で男とさあ、などとは口が裂けても言えない。もちろん、私、あなたにやきもち焼いてたのよ、なんて事も言えない。しかし、話をすすめて行くうちにおかしな気持になり始めた。彼女はかわいらしいのである。まるで私がイメージしていた作家らしくない。私は段々、自分がふてぶてしい年増女のような気持になって来た。緊張がすっかりと解けて友達と話をしているような気がし出したのである。そのうち、場所を変えて食事をしようと言う事になった。車の中で私は林さんと二人きりになった。

「林さん、明日、直木賞取ったら泣きますか」

私の問いに彼女はこう答えた。

「ううん、泣かないと思う」

私は嬉しくなった。この人は笑って楽しそうに賞を取るべきだ、と思った。そして、翌日、彼女は記者会見場で本当に嬉しそうに笑っていた。ああ、よかったと私も思った。あの時、感じた嫉妬などもうすっかり忘れていた。あの島での嫉妬は、有名になった彼女に対してなどではなく、素晴らしい小説を書き始めた彼女に対してだったのだと今さらのように感じた。小説をやっと書き始めた私は、もう誰にも嫉妬する事などなくなっていたのだ。そこには敬意だけが残った。

私が林さんのファンである事は知られている。確かに私は林真理子さん御本人のファンである。しかし、作品には好き嫌いがある。おこがましい事を承知で言わせていただくなら、林さんの作品には、性悪説のものと性善説のものがあると思う。そして、私の好きなのは、性善説の作品である。この「星に願いを」は、むろん性善説の作品であり、本当に大好きだ。キリコはもちろん、太田という男もいいなあ、よく解る、と思う。そして、その太田の気持をキリコが捨てられながらも見抜く所はすごいと思う。冷静で鋭くて物事の本当というものをキリコはよく知っている。よく知っているという事は許せるという事と同義語である。この小説は猥雑な人間関係をよく許している。私はそこの所にそそられる。そして、もうひとつ好きなのはこの小説にプライドがある事だ。具体的な事柄というのではなく、それを超越したプライドが終始、漂っている。私は、他の読者の方々とは少し見方が違っているかもしれない。林さんの数多い作品のどんな所が共通して好きかと問われれば、私は絶対に「プライドのある所」と答えるだろう。

解説を書いているつもりが何故か読者のつもりになってしまった。けれど私はやはりこの「星に願いを」以来、一つ残らず「彼女」の小説を読んでいる読者である。だから、林真理子はね、と生意気な感想も時折は言ってみたくなる。と、言い訳をしている私は「対談」という言葉だけで緊張してしまう駆け出し作家なのだから、許してもらえるのではないかと気楽に考えてしまっている。

読者である事を強調してしまったついでに、もうひとつ生意気を言わせていただいてしまうが、私は林さんに作家然として欲しくない。初めてお会いした時の童女のような雰囲気はとても魅力的だった。その後、何度かお会いした時も、好奇心にあふれた表情で偉ぶっている所の少しもない方だった。

男は段々とその職業の顔になって行く。娼婦らしくない娼婦。処女らしくない処女。主婦らしくない主婦。そして、作家らしくない作家。どれも女にしか出来ない素敵な芸当である。そして、林真理子はその芸当をやってのける人だと私は思っている。

（作家）

本書は、一九八六年九月に講談社文庫より刊行された
『星に願いを』を改訂し文字を大きくしたものです。

|著者| 林 真理子　1954年山梨県生まれ。日本大学芸術学部卒業。'82年エッセイ集『ルンルンを買っておうちに帰ろう』が大ベストセラーに。'86年『最終便に間に合えば／京都まで』で第94回直木賞を受賞。'95年『白蓮れんれん』で第８回柴田錬三郎賞、'98年『みんなの秘密』で第32回吉川英治文学賞、『アスクレピオスの愛人』で第20回島清恋愛文学賞を受賞。2018年、紫綬褒章を受章。'20年、第68回菊池寛賞を受賞。小説のみならず、週刊文春やan・anの長期連載エッセイでも変わらぬ人気を誇っている。

新装版《しんそうばん》 星《ほし》に願《ねが》いを

林《はやし》 真理子《まりこ》

2010年４月15日第１刷発行
2023年７月19日第７刷発行

発行者——鈴木章一
発行所——株式会社 講談社
東京都文京区音羽2-12-21　〒112-8001
電話 出版（03）5395-3510
販売（03）5395-5817
業務（03）5395-3615

Printed in Japan

講談社文庫
定価はカバーに
表示してあります

KODANSHA

デザイン—菊地信義
本文データ制作—講談社デジタル製作
印刷———株式会社KPSプロダクツ
製本———株式会社国宝社

ISBN978-4-06-276619-7

講談社文庫刊行の辞

二十一世紀の到来を目睫に望みながら、われわれはいま、人類史上かつて例を見ない巨大な転換期をむかえようとしている。

世界も、日本も、激動の予兆に対する期待とおののきを内に蔵して、未知の時代に歩み入ろうとしている。このときにあたり、創業の人野間清治の「ナショナル・エデュケイター」への志を現代に甦らせようと意図して、われわれはここに古今の文芸作品はいうまでもなく、ひろく人文・社会・自然の諸科学から東西の名著を網羅する、新しい綜合文庫の発刊を決意した。

激動の転換期はまた断絶の時代である。われわれは戦後二十五年間の出版文化のありかたへの深い反省をこめて、この断絶の時代にあえて人間的な持続を求めようとする。いたずらに浮薄な商業主義のあだ花を追い求めることなく、長期にわたって良書に生命をあたえようとつとめるところにしか、今後の出版文化の真の繁栄はあり得ないと信じるからである。

同時にわれわれはこの綜合文庫の刊行を通じて、人文・社会・自然の諸科学が、結局人間の学にほかならないことを立証しようと願っている。かつて知識とは、「汝自身を知る」ことにつきていた。現代社会の瑣末な情報の氾濫のなかから、力強い知識の源泉を掘り起し、技術文明のただなかに、生きた人間の姿を復活させること。それこそわれわれの切なる希求である。

われわれは権威に盲従せず、俗流に媚びることなく、渾然一体となって日本の「草の根」をかたちづくる若く新しい世代の人々に、心をこめてこの新しい綜合文庫をおくり届けたい。それは知識の泉であるとともに感受性のふるさとであり、もっとも有機的に組織され、社会に開かれた万人のための大学をめざしている。大方の支援と協力を衷心より切望してやまない。

一九七一年七月

野間省一

東川篤哉 純喫茶「一服堂」の四季
東山彰良 流《りゅう》
東山彰良 女の子のことばかり考えていたら、1年が経っていた。
平田研也 小さな恋のうた
日野草 ウエディング・マン
平岡陽明 僕が死ぬまでにしたいこと
ビートたけし 浅草キッド
ひろさちや すらすら読める歎異抄《たんにしょう》
藤沢周平 新装版 春秋の檻〈獄医立花登手控え(一)〉
藤沢周平 新装版 風雪の檻〈獄医立花登手控え(二)〉
藤沢周平 新装版 愛憎の檻〈獄医立花登手控え(三)〉
藤沢周平 新装版 人間の檻〈獄医立花登手控え(四)〉
藤沢周平 新装版 闇の歯車
藤沢周平 新装版 市塵(上)(下)
藤沢周平 新装版 決闘の辻
藤沢周平 新装版 雪明かり
藤沢周平 義民が駆ける〈レジェンド歴史時代小説〉
藤沢周平 喜多川歌麿女絵草紙
藤沢周平 闇の梯子

藤沢周平 長門守の陰謀
古井由吉 この道
藤田宜永 樹下の想い
藤田宜永 女系の総督
藤田宜永 女系の教科書
藤田宜永 血の弔旗
藤田宜永 大雪物語
藤水名子 紅嵐記(上)(中)(下)
藤原伊織 テロリストのパラソル
藤本ひとみ 新・三銃士 少年編・青年編〈ダルタニャンとミラディ〉
藤本ひとみ 皇妃エリザベート
藤本ひとみ 失楽園のイヴ
藤本ひとみ 密室を開ける手
福井晴敏 亡国のイージス(上)(下)
福井晴敏 終戦のローレライ I～IV
藤原緋沙子 遠花火〈見届け人秋月伊織事件帖〉
藤原緋沙子 春《はる》疾《はや》風《て》〈見届け人秋月伊織事件帖〉
藤原緋沙子 暖《ぬくめ》鳥《どり》〈見届け人秋月伊織事件帖〉
藤原緋沙子 霧の路《みち》〈見届け人秋月伊織事件帖〉

藤原緋沙子 鳴《なる》子《こ》守《もり》〈見届け人秋月伊織事件帖〉
藤原緋沙子 夏ほたる〈見届け人秋月伊織事件帖〉
藤原緋沙子 笛吹川〈見届け人秋月伊織事件帖〉
藤原緋沙子 青《せい》嵐《らん》〈見届け人秋月伊織事件帖〉
椹野道流 亡羊の嘆〈鬼籍通覧〉
椹野道流 新装版 暁天の星〈鬼籍通覧〉
椹野道流 新装版 無《む》明《みょう》の闇〈鬼籍通覧〉
椹野道流 新装版 壺《こ》中《ちゅう》の天〈鬼籍通覧〉
椹野道流 新装版 隻《せき》手《しゅ》の声〈鬼籍通覧〉
椹野道流 新装版 禅《ぜん》定《じょう》の弓〈鬼籍通覧〉
椹野道流 池《ち》魚《ぎょ》の殃《わざわい》〈鬼籍通覧〉
椹野道流 南《なん》柯《か》の夢〈鬼籍通覧〉
深水黎一郎 ミステリー・アリーナ
藤谷治 花や今宵の
古市憲寿 働き方は「自分」で決める
船瀬俊介 かんたん「1日1食」!!〈万病が治る! 20歳若返る!〉
藤野可織 ピエタとトランジ
古野まほろ 身元不明《ジェーン・ドゥ》〈特殊殺人対策官 箱崎ひかり〉
古野まほろ 陰陽少女

古野まほろ 陰陽少女
古野まほろ 禁じられたジュリエット〈妖刀《ようとう》村正《むらまさ》殺人事件〉
藤崎 翔 時間を止めてみたんだが
藤井邦夫 大江戸閻《えん》魔《ま》帳《ちょう》
藤井邦夫 三つの顔〈大江戸閻魔帳㈡〉
藤井邦夫 渡世人〈大江戸閻魔帳㈢〉
藤井邦夫 笑う女〈大江戸閻魔帳㈣〉
藤井邦夫 罰《ばち》当《あた》り〈大江戸閻魔帳㈤〉
藤井邦夫 福の神〈大江戸閻魔帳㈥〉
藤井邦夫 野暮天〈大江戸閻魔帳㈦〉
福澤徹三 糸柳寿昭 忌《い》み地〈怪談社奇聞録〉
福澤徹三 糸柳寿昭 忌み地 弐〈怪談社奇聞録〉
福澤徹三 糸柳寿昭 忌み地 惨〈怪談社奇聞録〉
福澤徹三 作家ごはん
藤井太洋 ハロー・ワールド
藤野嘉子 60歳からは「小さくする」暮らし 生き方がラクになる
富良野 馨《かおる》 この季節が嘘だとしても
辺見 庸 抵抗論
星 新一 エヌ氏の遊園地

星 新一 編 ショートショートの広場①〜⑨
本田靖春 不当逮捕
保阪正康 昭和史 七つの謎
堀江敏幸 熊の敷石
本格ミステリ作家クラブ編 ベスト本格ミステリ TOP5〈短編傑作選002〉
本格ミステリ作家クラブ編 ベスト本格ミステリ TOP5〈短編傑作選003〉
本格ミステリ作家クラブ編 ベスト本格ミステリ TOP5〈短編傑作選004〉
本格ミステリ作家クラブ選・編 本格王2019
本格ミステリ作家クラブ選・編 本格王2020
本格ミステリ作家クラブ選・編 本格王2021
本格ミステリ作家クラブ選・編 本格王2022
本多孝好 君の隣に
本多孝好 チェーン・ポイズン〈新装版〉
穂村 弘 整形前夜
穂村 弘 ぼくの短歌ノート
穂村 弘 野良猫を尊敬した日
堀川アサコ 幻想郵便局
堀川アサコ 幻想映画館
堀川アサコ 幻想日記店

堀川アサコ 幻想探偵社
堀川アサコ 幻想温泉郷
堀川アサコ 幻想短編集
堀川アサコ 幻想寝台車
堀川アサコ 幻想蒸気船
堀川アサコ 幻想商店街
堀川アサコ 幻想遊園地
堀川アサコ 魔法使ひ
堀川アサコ メゲるときも、すこやかなるときも
本城雅人 境界〈横浜中華街・潜伏捜査〉
本城雅人 スカウト・デイズ
本城雅人 スカウト・バトル
本城雅人 嗤うエース
本城雅人 贅沢のススメ
本城雅人 誉れ高き勇敢なブルーよ
本城雅人 シューメーカーの足音
本城雅人 ミッドナイト・ジャーナル
本城雅人 紙の城
本城雅人 監督の問題

本城雅人 去り際のアーチ〈もう一打席！〉
本城雅人 時代
本城雅人 オールドタイムズ
堀川惠子 裁かれた命〈死刑囚から届いた手紙〉
堀川惠子 死刑の基準〈「永山裁判」が遺したもの〉
堀川惠子 永山則夫〈封印された鑑定記録〉
堀川惠子 教誨師
堀川惠子 戦禍に生きた演劇人たち〈演出家・八田元夫と「桜隊」の悲劇〉
堀川惠子・小笠原信之 チンチン電車と女学生〈1945年8月6日・ヒロシマ〉
誉田哲也 Qros《キュロス》の女
松本清張 草の陰刻
松本清張 黄色い風土
松本清張 黒い樹海
松本清張 ガラスの城
松本清張 殺人行おくのほそ道(上)(下)
松本清張 邪馬台国 清張通史①
松本清張 空白の世紀 清張通史②
松本清張 カミと青銅の迷路 清張通史③
松本清張 天皇と豪族 清張通史④

松本清張 壬申の乱 清張通史⑤
松本清張 古代の終焉 清張通史⑥
松本清張 新装版 増上寺刃傷
松本清張他 日本史七つの謎
松谷みよ子 ちいさいモモちゃん
松谷みよ子 モモちゃんとアカネちゃん
松谷みよ子 アカネちゃんの涙の海
眉村 卓 ねらわれた学園
眉村 卓 なぞの転校生
麻耶雄嵩 翼ある闇〈メルカトル鮎最後の事件〉
麻耶雄嵩 痾《あ》
麻耶雄嵩 メルカトルかく語りき
麻耶雄嵩 夏と冬の奏鳴曲《ソナタ》〈新装改訂版〉
麻耶雄嵩 神様ゲーム
町田 康 耳そぎ饅頭
町田 康 権現の踊り子
町田 康 浄土
町田 康 猫にかまけて
町田 康 猫のあしあと

町田 康 猫とあほんだら
町田 康 猫のよびごえ
町田 康 真実真正日記
町田 康 宿屋めぐり
町田 康 人間小唄
町田 康 スピンク日記
町田 康 スピンク合財帖
町田 康 スピンクの壺
町田 康 スピンクの笑顔
町田 康 ホサナ
町田 康 猫のエルは
町田 康 記憶の盆をどり
舞城王太郎 煙か土か食い物〈Smoke, Soil or Sacrifices〉
舞城王太郎 世界は密室でできている。〈THE WORLD IS MADE OUT OF CLOSED ROOMS〉
舞城王太郎 好き好き大好き超愛してる。
舞城王太郎 私はあなたの瞳の林檎
舞城王太郎 されど私の可愛い檸檬
真山 仁 虚像の砦
真山 仁 新装版 ハゲタカ(上)(下)

講談社文庫　目録

講談社文庫　目録

講談社文庫　目録

横山光輝
山岡荘八・原作　漫画版 徳川家康４
横山光輝
山岡荘八・原作　漫画版 徳川家康５
よむーくよむーくの読書ノート
よむーくよむーくノートブック
隆慶一郎 花と火の帝 (上)(下)
隆慶一郎 時代小説の愉しみ
リレーミステリー 宮辻薬東宮
令丈《れいじょう》ヒロ子 原作・文
吉田玲子 脚本　小説 若おかみは小学生！〈劇場版〉
渡辺淳一 失楽園 (上)(下)
渡辺淳一 男と女
渡辺淳一 泪《なみだ》壺《つぼ》
渡辺淳一 秘すれば花
渡辺淳一 化粧 (上)(下)
渡辺淳一 あじさい日記 (上)(下)
渡辺淳一 熟年革命
渡辺淳一 幸せ上手
渡辺淳一 新装版 雲の階段 (上)(下)
渡辺淳一 麻酔〈渡辺淳一セレクション〉
渡辺淳一 阿寒に果つ〈渡辺淳一セレクション〉
渡辺淳一 何処《いずこ》へ〈渡辺淳一セレクション〉
渡辺淳一 光と影〈渡辺淳一セレクション〉
渡辺淳一 花《はな》埋《うず》み〈渡辺淳一セレクション〉
渡辺淳一 氷紋〈渡辺淳一セレクション〉
渡辺淳一 長崎ロシア遊女館〈渡辺淳一セレクション〉
渡辺淳一 遠き落日 (上)(下)〈渡辺淳一セレクション〉
輪《わ》渡《たり》颯介 古道具屋 皆塵堂
輪渡颯介 猫除け 古道具屋 皆塵堂
輪渡颯介 蔵盗み 古道具屋 皆塵堂
輪渡颯介 迎え猫 古道具屋 皆塵堂
輪渡颯介 祟《たた》り婿《むこ》 古道具屋 皆塵堂
輪渡颯介 影憑《つ》き 古道具屋 皆塵堂
輪渡颯介 夢の猫 古道具屋 皆塵堂
輪渡颯介 呪い禍 古道具屋 皆塵堂
輪渡颯介 髪追い 古道具屋 皆塵堂
輪渡颯介 怨返《おんがえ》し 古道具屋 皆塵堂
輪渡颯介 溝猫《どぶねこ》長屋 祠之怪《ほこらのかい》
輪渡颯介 優しき悪霊〈溝猫長屋 祠之怪〉
輪渡颯介 欺きの童《わらし》霊《れい》〈溝猫長屋 祠之怪〉
輪渡颯介 物の怪斬り〈溝猫長屋 祠之怪〉
輪渡颯介 別れの霊祠〈溝猫長屋 祠之怪〉
輪渡颯介 怪談飯屋古狸
輪渡颯介 祟《たた》り神 怪談飯屋古狸
綿矢りさ ウォーク・イン・クローゼット
和久井清水《きよみ》 水際のメメント〈きたまち建築事務所のリフォームカルテ〉
和久井清水 かなりあ堂迷鳥草子《めいちょうぞうし》
若菜晃子 東京甘味食堂

2023年３月15日現在